茫茫世海 脉脉情缘

【菩萨宝偈】

林清玄 著

新世界出版社
NEW WORLD PRESS

【目录】

001 | 序言　赤心片片

001 | 自净其意
005 | 色即是空
009 | 人行邪道
013 | 四依止
017 | 当愿众生
023 | 一大事因缘
029 | 为众生而庄严
033 | 如实知自心
037 | 以戒为师
041 | 世间无常
045 | 广大的风格

049 | 心无挂碍
053 | 最重要的品质
057 | 依靠菩萨的大宏誓愿
063 | 梦幻泡影
067 | 当观知足
071 | 平等的心
077 | 以大悲为力
081 | 生死的轮转
087 | 仰天而唾
091 | 有身八苦
095 | 三法印
099 | 观音法门
103 | 香光庄严
107 | 生于世间，不着世间
111 | 一切烦恼为如来种
115 | 如　来
121 | 不与黑暗共合

博爱的十一种利益 | 125
菩萨二相 | 129
梵音海潮 | 133
大悲与有情 | 137
菩萨四摄 | 143
一切众生喜见 | 147
夫妇的因缘 | 153
炼金师 | 157
应无所住而生其心 | 163
天花动地来 | 167
无上菩提 | 173
地藏的悲愿 | 177
在清净的国土 | 183
五阴与如来藏 | 187
火中生莲花 | 193
佛的笑与泪 | 197
普贤愿海 | 203

序 言

赤心片片

读释迦牟尼佛的传记，有一段非常感动我。

当佛陀看到人们遭受生老病死、爱别离、怨憎会、所求不得、烦恼炽盛的种种痛苦，使他感到一种巨大的苦恼，希望能寻找到解决痛苦的方法，为了这异乎寻常的追寻，他甚至舍弃亲人和王位，进入雪山的森林中。

接着，他花了几年的时间，追随圣者修行，试验了各种修行方法，他依然感到无法脱出生死的轮回。

由于当时的修行者都实行苦行与禁欲，佛陀也和其他修行者一样进入了完全知性的艰苦修行，甚至每天只吃“一麻一麦”，使他变得憔悴不堪，最后虚弱得昏倒在地上。正好有一个牧羊的女孩经过，给他喝了一碗羊乳，他才醒转过来，于是，他开始饮食，因为他知道，如果他还没有解决生死问题就死去，就永远无法完成自己的追求。

既然完全知性的修行生活无法解脱人的痛苦，到底要用什么方法呢？

有一天，佛陀来到菩提树下，对自己说："若不能证得实相，就不起此座。"然后他坐在菩提树下，开始进入禅定三昧，并历经了魔王巨大的考验，经过了七天七夜，佛陀从三昧中出定，正好看见天边一颗明亮的晨星，他彻底地证到了生命的实相，感叹地说："一切众生都有如来智慧德相，只因妄想执着不能证得。"

我读到这一段，内心充满了感动，深深地知觉到当佛陀看见晨星的明亮时，是非常感性的，它说明了完全理性的"识"永远不能达到无限的境地，唯有活泼的、直观的、充满慈悲的胸怀、从智慧的大海中流出的菩提与般若，才能唤醒自我，找到生命的真实。

因此，在我的内心深处，总觉得佛的教化是非常感性的，但这种感性不是感官的觉受，而是清净明朗，如月光下的大地。如果佛教不是如此感性，就不会有无量无数的菩萨不厌生死轮回来到这个世界，就不会有深刻无悔的慈悲、平等无私的智慧、百折不回的修行，与勇猛不退的愿力了。

就以我们最熟悉的观世音与地藏王菩萨来看，观世音菩萨曾经这样发愿："尽我形寿，遍度一切众生，若有一众生不得度者，我誓不取正觉。若我于众生未尽度之时，自弃此宏誓者，则我之脑裂为千片。"地藏王菩萨曾经这样发愿："地狱不空，誓不成佛；众生度尽，方证菩提。"想到这些菩萨伟大的誓愿时，常使我不自觉地动容落泪，这不是最伟大无私的感性的心灵世界吗？

一个人生活在婆娑世界的苦难之中，希望能追求卓越、寻找巅峰，为生命锤炼塑造一个最理想、最完美、最究竟、最伟大的人格，不是感性的极致吗？

佛陀教育我们，修行菩萨之道，最重要的是慈悲与智慧，一个人若不能培养出清净广大敏感柔软的心，就不能对人类、动物、虫蚁有真实的慈悲，同样的，一个人若不能有真切动人的胸襟与风格，就无以落实到思维的核心，开启直观世界的智慧。因而，我总觉得大乘佛教是感性与知性平衡的，若我们没有菩萨视众生病如己病，疼众生苦而如己苦，我们就永远无法进入菩萨的心海。

《金刚经》说:“如来善护念诸菩萨、善咐嘱诸菩萨”——“护念”与“咐嘱”有如母亲对待孩子,是感性的。《维摩诘经》说:“以一切众生病，是故我病。若一切众生得不病者，则我病灭，所以者何？菩萨为众生故,入生死,有生死,则有病。若众生得离病者,则菩萨无复病。”——菩萨愿与一切众生共病，这也是感性的，仿佛我们愿意代父母子女受苦一样。《华严经》说：“不于众生而起一念非亲友想，设有众生于菩萨所起怨害心，菩萨亦以慈眼视之，终无恚怒。”——这无私无怨无悔的“慈眼”，是多么的感性！

经典上到处都可以找到菩萨非凡动人的感情，由于我对菩萨的愿力、慈悲、智慧、实践恒常保有一个感性的观点，因此读经的时候常使我感动得流下欢喜与悲悯的眼泪，对大乘佛法也进而有了一个全新的认识。

很多人都知道佛教九千多部经典是人类智慧最高的表征，但因为在读经典时抱着严肃理智的心情，很难体会到菩萨美丽浪漫、深刻动人的风格，我觉得这是非常可惜的。以佛教的用语来说，很多人只看到了佛教“真空”的一面，而无法体会到佛教的“妙有”，以至于只知道佛教在寻求来世的解脱，而不知道佛教对今世的救济；只看见了佛教出世的精神，忽略了佛教人间的本质——今世若不能有益，来世何尝可以解脱呢？活着若不能有菩萨的心胸，死后何尝会有净土？

很久以前我就有一个愿望，把佛法中最动人的东西标注出来，让苦恼的现代人也能品味到佛法的芳香，也能贴近佛菩萨那美丽的生命风格。于是我开始留心记录佛经中的“偈”，因为偈既简短又深刻，既感性又有智慧，是忙碌的现代人最能接受的形式。

“偈”，其实就是“诗歌”，梵文叫作Gatha，是颂、美歌的意思，也有摄尽一切意义的意思。在佛经里，把诗歌称为“偈”，把文章称为“莂”，那是为了与一般的诗文区别，含有崇敬之意。“偈”又分成“别偈”与“通偈”两种，凡是以四句为限，不管是四言五言六言七言八言的都称为“别偈”，而没有四句限制的就叫作“通偈”。“别偈”有点像古诗中的“绝句”，“通偈”则像“词”。

为了能含摄经义，偈通常是不押韵的，由于不押韵，在表达上就非常的自由，不受到格律的限制，使得偈有一种活泼而无可比拟的风格。也由于不受句数的束缚，偈往往能无限地开展，给我们一个广大的天地。

毫无疑义的，佛经的“偈”曾影响到中国诗歌，乃至中国文学，它的优美无匹，使许多伟大的诗人都动容赞叹，像王维、白居易、苏东坡、黄山谷、李商隐等都受过偈的影响。可叹的是，在历史上竟没有人对佛经的偈做过整理，加上注解，使我们忽略了这项伟大的佛教与文学的遗产。

在这本书里，我希望能做到给偈一个新的面貌，但愿能对人心有益、对文学有益。我在选择上花了一些心思，希望出现在这本书里的佛菩萨的偈，第一，它有优美动人的辞章与风格。第二，它能表达大乘佛法悲智双运的精神。第三，它是人人都可以领会与感受的。第四，它能开启人的觉醒与开悟的门扉。所以，出现在这个专栏的偈不会太深奥难解、不可捉摸。

最后，必须说明的是，有一些偈是从长偈中择取出来的，但愿不会损伤了它的完整；还有一些偈则是经典中优美的句子，在原典中不一定以偈的形式出现，我把它分行而当成偈，这应该是没有问题的，现代诗不是早就打破了长短与格律吗？有一些经句分行来读，就有如一首现代诗一样。

佛菩萨的偈，虽然貌似严峻，但皆赤心片片，使我们能体贴到他们悟道过程中血泪交织的光芒，有地动之概、海浪之汹涌与山河之气魄，我只是把这种赤心、这种光芒，展露在世人面前罢了！

唯愿，有人读了这些偈，能与佛菩萨感通，找到自己的般若与菩提。

唯愿，有人读了这些偈，能生起信愿，超越自我，开启真实的慈悲与智慧。

唯愿，凡读了这些偈的人，都能成为赤心片片的人，在五浊世间找到清凉的净土。

林清玄

永吉路客寓

自净其意

诸恶莫作

众善奉行

自净其意

是诸佛教

——《增一阿含经·阿难告迦叶》

这是《增一阿含经》里，迦叶尊者问阿难尊者说："何等偈中出生三十七品及诸法？"阿难所说的回答。

其实这首偈不是阿难的偈，而是"七佛通戒偈"，是七佛都讲过的偈，可见此偈的重要。如果译成白话是："一切的恶事都不做，一切的善事都奉行，清净自己的意念，是诸佛最主要的教化。"这首偈可以说把佛法修行的概念做一个最简明扼要的陈述，若能依偈奉行，修行必能成就。可是言简意深，实践起来谈何容易？正是"三岁小孩也晓得，八十老翁行不得！"

后来常被人用来发愿的"愿修一切善，愿断一切恶，愿度一切众生"，"自性众生誓愿度，自性烦恼誓愿断，自性法门誓愿学，自性佛道誓愿成"等偈，都是意出于此。

可见，"七佛通戒偈"是一切佛弟子应该记诵，并时时深思的，我们断一切的恶，修一切的善，是希望使自己的意念清净，反过来说，当我们意念到了清净之地，则恶事自断，言行无不美善，故从意念的自净开始，是佛法的真精神，而回归到自性的清净，则是修行者的大目标。

首偈，曾做了极为清明动人的注解，他说："诸恶莫作，是诸法本，便出生一切善法；以生善法，心意清净。是故迦叶！诸佛世尊，身口意行，常修清净。"

他又说："一偈之中，尽具足诸佛之教，及辟支佛声闻之教。所以然者，诸恶莫作，戒具之禁，清白之行。诸善奉行，心意清净。自净其意，除邪颠倒。是诸佛教，去愚惑想。云何迦叶！戒清净者，意岂不净乎？意清净者，则不颠倒。以无颠倒，愚惑想灭，诸三十七道品果，便得成就。以成道果，岂非诸法乎？"

说得多么好，不愧是多闻第一的阿难！

佛经里时常把清净的心譬喻为"心水"，恶的行为如撒盐入水，纵使不一定被人看见，但水就转咸，难以洗清了。善的行为则如撒糖入水，外表虽看不出来，甜分却会渗入每一滴水中。一个人的心水是咸是甜、或冷或暖，唯有自心知。

大乘菩萨也和我们一样吃饭睡觉，工作的时候也会流汗，悲悯的时候也会流泪，生活里也有考验与挫折，生命的过程也有忧喜，但因为"自净其意"，就能任心所起灭，不乱本性，这就像如果有一艘好船，河海是咸是淡、是风是浪，总能航行到彼岸。

色即是空

色不异空，空不异色

色即是空，空即是色

受想行识，亦复如是

——《心经·佛告舍利子》

佛教里所讲的“空”义，最容易被误解，有的人认为一切都是空的，那么还有什么因果律，就可以为所欲为了。有的人认为一切皆空，那么佛法何足贵？地狱何足惧？平日修善固无所谓，作恶亦何妨！

这是对“空”非常可怕的认识，对空的偏见有两种，一种是“凡夫之空”，一种是“魔道之空”。

凡夫之空又称为“顽空”，是一种呆滞无用的空，由于凡夫的六根（眼耳鼻舌身意）粗劣，对于空法不能感觉或不愿感觉，因此不能对微细的空法起识，凡夫只相信自己的感官所碰触的世界，凡是感官不能碰触的世界，就以为是虚无的，这就是顽空。例如菩萨心海中的慈悲、智慧、愿力，乃至人间较高贵的情操，如正义、善良、同情等，粗劣的凡夫都不能觉知，于是沦为感官的动物，执迷于色相，不能超拔。

魔道之空又称为“恶取空”，这是有修行而没有正知见的空，以为一入了空观，一切法相都化为乌有，因此佛也无、因果也无，甚至认为佛像可弃、因果可毁，不相信净土与地狱，这是完全择取了空的恶见，不知道虽是虚空，冥冥中自有法则。

认识了凡夫与魔道的空，我们才知道佛所说的空义，是性相不二的空，它有两种特质，一是洞明本体，二是兼达妙用。

所谓洞明本体是知道一切法都归于真如本性，虽然知道六识（色声香味触法）有缘有相，却能无碍任运，因为知道当体即空，这就是我们常说的“山河大地是如来”。

所谓兼达妙用，是能以自性的本体来起用，认识了六大法性（地水火风空识）的实相，能自其中生起般若的慧解与菩提的悲心，这就是我们常说的“青青翠竹无非法身，郁郁黄花皆是般若”。

解决了对空义的基本认识，我们就知道“色不异空，空不异色；色即是空，空即是色”里的色，是世间一切的有为法，有为法必有生灭，故都是空相。

用一个简单的比喻来说，众生出现在这个世界上，不外身心二事，有的人分成“物质”与“精神”，大部分人以为身心是两回事，物质与精神可以分立，其实不然，一个人会投生为人，有什么样的身体、环境、行为、思想，是由于往昔身心一切作为的投影，眼见美景心生欢喜，耳闻悲音心怀忧凄，鼻嗅恶味心生嫌厌，舌尝美食心胸舒畅，身处暖触心得温慰，得意时歌、失意时泣，可见身心不可分，精神与物质不是二元。那么，色与空一体，又有什么不能领会呢？身体是精神的随缘流现，精神则是身体的种种经验，既能理解到这一点，进一步就能知道色相是法界的种种作用，色相如尘，无不虚妄；意识如烟，皆是幻相。

究竟了色空不二之理，那么，心若灵明，则与一切佛心相感通；身若清净，仍与一切佛身相辉映。

佛教的净土宗，就是从“色”入手，深信十方净土是实有的；禅宗则由“空”入门，深信放下一切则进入佛的法身；其实并不冲突，因为“色即是空，空即是色”。那么，渴望进入净土、希求永居极乐之土的我们，是用这个身心进入净土呢？还是另有一副身心？这是值得深思的。

人行邪道

若以色见我

以音声求我

是人行邪道

不能见如来

——《金刚经·佛告须菩提》

“如果只从形相来看我，只用声音来求我，是人所走的邪曲的道路，不能见到真正的我。”当佛陀对须菩提说这首偈的时候，是在教示佛法一个最根本的精神，就是回到自己的心灵世界，以心的纯净来与如来相应，这是一种素面相见，超越了一切的形相与声音。也只有一个人舍弃了一切形相声音，才有可能见到真实的佛，乃至自己心地的如来。

佛弟子常说佛法是“正法”，非佛法的都是“外道”，以为别的宗教信仰不值一观。其实不是这样，“正法”与“外道”不能作为宗教的判断，也不应该成为贬低其他信仰的根据。若从这首偈来看，“心内求法就是正法”、“心外求道就是外道”，佛的弟子若不能心内求法，即有违佛的教化，也算是“外道”了。

末法时代的人，信佛学佛总是注意形式的东西，以为信佛是在祈求福佑，而不知道信仰是在清净自我，是在与轮回生死搏战以寻求解脱。但，能信仰总是一个开端，只是我们不应该忘记，佛法最重要的追求是心的追求，经典里的佛菩萨，无不是回到自己的内心，开启明净的佛性而得到成就。从追随佛菩萨的行止，到开启心的实相，就有如求火引火，以如来的火种来点燃自己的灯，到最后以自己为灯，并把火点燃给在黑暗寒冷之地的众生，照亮别人，让别人也有火种、也有灯。

佛的火种是什么呢？简而言之，是慈悲的温暖与智慧的明亮，一个人的慈悲与智慧不可能由别人赠予，一定要透过自我的开发，唯有开发了自性的光明，才能与佛菩萨相应。

是故，念佛者是在念自己的佛，坐禅者是在定自己的心，学密者是在启发自己的密意，这不意味着佛菩萨听不见我们求告的声音或不能以相示现，而是说，向外的追求不是成就实相的道路。

四依止

依法不依人

依义不依语

依智不依识

依了义经、不依不了义经

——《大般涅槃经·佛告迦叶》

佛陀将要涅槃的时候，大地诸山大海皆悉震动，弟子都非常哀恸，但是仍然忍住悲伤去请示佛陀，佛陀则慈悲地允诺弟子，对弟子的疑惑做最后的开示。这首偈就是迦叶尊者请问佛陀，在佛涅槃后，弟子将要以什么作为依止呢？此偈正是佛陀的回答。这虽是佛陀在世时给弟子的教化，经过两千多年，依然鲜明如昔，可作为今日佛弟子的依止。

在佛教的经典里，时常有一些学者争论，某些大乘经典是伪经，他们举出许多证据来加以证明，企图推翻大乘的论点。但我们应知道，佛在世时自己并未著述，一切佛经都是弟子，甚至是后人的集结，由于集结佛经的时代与人物的不同，就产生了很多争议。佛陀的这首偈是对这些争议最好的回答，佛陀的意思是佛经不必全出自他的口中，若能不离法、不离义、不离智，而能了义，都是可以依止的。

中国佛经里有一部非常重要而动人的《六祖坛经》，就是六祖慧能所说的经典，它的伟大澄明与佛陀亲口说的经典并无二致，也从来没有一位佛的弟子否定它的珍贵，这足以说明佛陀的教化经得起时间与空间的锤炼。

佛陀在《大般涅槃经》里曾对法、义、智、了义有所阐述，他说："法者即是法性，义者即是如来常住不变，智者了知一切众生悉有佛性，了义者了达一切大乘经典。"我们若能了解佛陀的意思，就再也不会被不知佛法为何物，只对考证有兴趣的学者所迷惑了。

尤其在我们这个时代，是一个最容易被表象、知识、语言所欺蒙的时代，如果我们不能穿透表象、知识、语言，去寻求真实的智慧、究竟的义理、不变的法性，就很难进入佛的教化了。

大凡能历经数千年、数亿万人而能被肯定流传的大乘经典，在经义上应该都没有什么可议，可以作为修行的依止。但是，我们应该注意，佛陀讲的"四依止"，有一个重点就是"自依止"，要自己从修行中有判别法性、义理、智慧、经典的能力，而不是人云亦云，胡乱依止。

唯有"自依止"于光明的自性的人，才会懂得"依法、依义、依智、依了义经"。

当愿众生

自归于佛，当愿众生，

绍隆佛种，发无上意。

自归于法，当愿众生，

深入经藏，智慧如海。

自归于僧，当愿众生，

统理大众，一切无碍。

——《华严经·文殊菩萨告贤首菩萨》

佛教徒时常在称念佛菩萨的名号时,冠上“南无”两字,例如“南无阿弥陀佛”、“南无本师释迦牟尼佛”、“南无观世音菩萨”等。又在称念菩萨名号下加上“摩诃萨”三字，例如“南无文殊师利菩萨摩诃萨”、“南无地藏王菩萨摩诃萨”等。

有人以为“南无”与“摩诃萨”是语助词,没有什么特别的意义,其实不然，“南无”是梵音 Namah 或 Namo 的音译，它有很多含义，有归命、敬礼、稽首之义，是决定诸佛菩萨的重要音声。它也有仰赖与趋向的意思，有建立众生信心的力量。

“摩诃萨”是梵语摩诃萨埵 Mahasattva 的简称，依《大智度论》的解释是:“摩诃名大，萨埵名众生，或名勇心。此人心能为大事，不退不还大勇心故为摩诃萨埵。”如果直译“摩诃萨”就是“大众生”。这里面不仅加重语气表达对“菩萨”的崇敬，也有“归向”之意。

什么是归命？它有三种意义，一是身命归趋于佛，二是归顺佛的教化，三是自己的命根回归到一心本源，前二者是对佛菩萨的仰望，后者是对自己内在佛性的回观，唯有内外圆融，无二无别才是真正的“归命”。

当我们知道"归命"的意思，再来理解"归依"就容易得多了。"归依"是一个人开始进入佛教的重要仪式，它是说人若生起对佛的信心，就应该归依三宝，三宝就是佛法僧，若以《大乘义章》的说法，三归依即是"依佛为师，故曰归佛。凭法为药，故名归法。依僧为友，故称归僧"。又说："归投依伏故曰归依，归投之相，如子归父依伏之义。"

一般人很容易认为佛、法、僧是对外在有一个依靠，而忽视掉自己的内在也有具足的三宝，其实，佛教的归依也包括归依"自性三宝"之意，"法界次第"就说归依有"返还"之意，是从一个混乱的世界回到一个清明的自我，当清明自我完全显现的时候，就能无碍地归入佛界，因此，佛法僧三宝是法界的真实，也是自性的真实。

佛教徒的"归依"与基督徒的"受洗"都是作为一个宗教信仰的基本仪轨，是一个人决心与信心的表现，因此，还没有受过归依仪式的人若自称为佛教徒，就好像学校的学生尚未办理正式注册的手续，是不合规制的。一旦受了"归依"仪式，就要依教奉行，并且把自己的归依、供养、修行回向给众生，文殊师利菩萨在《华严经》里说："自归于佛，当愿众生，绍隆佛种，发无上意。

自归于法，当愿众生，深入经藏，智慧如海。自归于僧，当愿众生，统理大众，一切无碍。”最重要的不只是归依，而在“当愿众生”，因为一个人发起大乘心地而归依，这归依不应该是为了自己，而是为了一切众生。

在“归依”仪式里，以密宗为例，有“归依、菩提心、观想、祈请、念诵、灌顶、回向”等，我们现在来看看：

归依：归依佛、归依法、归依僧。

菩提心：愿一切众生离苦、愿一切众生常乐、愿一切众生得欢喜、愿一切众生舍贪嗔。

观想：在我们面前的虚空中，坐于莲花日月轮上的，是证悟者释迦牟尼佛，具慈悲与明慧，为诸菩萨、阿罗汉所围绕，彼为一切解脱之展现根源。

祈请：我们虔敬地向您不变的智慧祈求，愿尽除世俗业障，达到究竟证悟。

念诵：南无佛、婆伽梵、如来、胜者释迦牟尼！您是觉者，究竟觉悟与善调伏，我归依供养您，请加持我！

灌顶：发自佛陀，智慧光芒，愿我及一切众生为其所触，愿一切染污及障碍净除、无上智慧的觉性开展，愿这颗至善种子永植！

回向：以此修行力，诚挚回向，愿一切众生，菩提心生起！愿一切众生，达到究竟解脱。

这样的归依仪式很圆满地呈现了佛教归依的种种意涵，佛虽崇高伟岸，众生也并不卑下低贱，从众生归依佛，是如同一粒水珠入海，是一面依维法界的实相三宝，一面开启自我的真实三宝；是把封盖在瓶中的空气打开，回到清净广大的空性里去，让空性清洗我们的瓶子。直到我们认识一粒水珠与一片大海的水性一样完全，一丝空气和整个空气没有分别，这时我们才能体会真实的归依。

净土行者从“归依”走向他力，仰仗佛的愿力寻求解脱，禅行者由“归依”走回自力，靠自力的开悟寻求解脱；两者都不离归依之意，因为一个人若能体贴佛愿，自力必已宏深；反之，一个人若自性完全开展，必能体会佛恩，其中不应有差别存在。

最后，让我们来看《那先比丘经》里的一段：

有一位国王，问那先比丘说："念佛之人可带业往生，甚难取信于人。"

那先反问国王说："大王，小石置水沉否？"

国王说："必沉。"

"欲令不沉，其可得乎？"那先反问。

"不可。"

"若以大石，置大船上，运载他方，其可得乎？"

"可得。"

"船中虽多石，因船故不得没，人虽有本恶，一时念佛，得不入泥犁。小石沉没者，如人作恶，不知佛经，死后便入泥犁。"那先比丘说。

"善哉！"国王说。

归依是使我们登上生死之河的法船，然而这船不只在心外，也在心内，在归依的那一刻，很多地方、无所不在都在造这条船了！

一大事因缘

诸佛世尊，唯以一大事因缘故出现于世。
诸佛世尊欲令众生开佛知见使得清净故，出现于世。
欲示众生佛之知见故，出现于世。
欲令众生悟佛知见故，出现于世。
欲令众生入佛知见道故，出现于世。

——《法华经·佛告舍利弗》

当佛陀在王舍城耆闍崛山中，应菩萨与弟子之请要宣讲《法华经》的时候，有五千位比丘、优婆塞、优婆夷站了起来，礼佛而退，因为他们都是“未得谓得，未证谓证”，自信已经得到最究竟之地，不想再听“一乘佛法”的教导，因此站起来走了。

经典上记载，佛陀看到这些人转身离去，“默然而不制止”，然后他对舍利弗说：“我今此众，无复枝叶，纯有真宝。舍利弗，如是增上慢人，退亦佳矣！”

我一直很喜欢经典上的这一段经文，它表达了佛教是具有非凡民主与自由胸襟的宗教，它是自主性格而不是权威性格，它是讲究因缘而不是强迫教化的。那五千位出家僧尼和在家居士都是跟随佛陀修法的人，在最后转身离去，佛陀非但不加以制止，反过来说：“退亦佳矣！”对我们实在是很好的教化，在追求清净世界的道路上完全是自我的抉择，这种抉择与因缘有关，是无法强求的。

这使我想起近代两位高僧的故事，谛闲法师有一次去表店修理钟表，表店的师傅对他说：“这世间的人各安其位，犹如钟表的时针、分针与秒针，都在不停地运转，可是你们出家人什么都不做，如果人人都出家，世界就完蛋了。”谛闲法师说，出家人是钟表里面的轴心，于乐不染着、于苦不倾动，表面上不在运转，实际上是维持着时针、分针与秒针的秩序，只是一般人在看表面时，见不到里面的轴心罢了。

还有一次，有一位军人问慈航法师："这世界上的人如果都出家研习佛法，世界就毁灭了。"慈航法师说："是呀，不过这世界上的人如果都当军人，世界也会毁灭；这世界如果都是商人，世界也会毁灭。世界上本来就需要各种各样的人，世界才会运转。"

仔细思考这两个故事，使我们知道，因缘真是不可思议，我们不必强求这个世界，当然更无法强求世界上的众生，众生各依其因缘存在于世界，在真道的路途上，我们只要把持自己的因缘，"无复枝叶，纯有真实"也就很好了。

佛陀在五千人转身离去以后，才开演了他说法的最高层次——《妙法莲华经》，讲经之前他就说了文前引的这段话，说出了诸佛菩萨为什么要出现在世界的理由，简单的说，就是"开、示、悟、入"四个字。

在"开、示、悟、入"的过程中，有两个值得思考的问题，一是，"开演"与"示现"虽然是佛菩萨做的事，但"证悟"与"契入"则非由众生自己努力不可。二是佛的教化唯有一乘，而没有二乘三乘的分别，大乘、小乘、声闻缘觉都是权宜方便之说，乃是因“开、示、悟、入”的过程而设的。那是由于佛陀知道“诸众生有种种欲，深心所著，随其本性，以种种因缘譬喻言辞方便力而为说法，如此皆为得一佛乘一切种智故”。也是为了“劫浊乱时，众生垢重，悭贪嫉妬，成就诸不善根故，诸佛以方便力，于一佛乘，分别说三”。

从庄严的法会中站起来走开的僧尼居士也非泛泛之辈，他们有许多已证得阿罗汉的果位，只是他们以为自己证得佛道最后的究竟得到了涅槃的真实，不再立志追求无上的正等正觉而已。这是他们在法上起了分别，而不是佛道中有分别呀！这是经典上说的“是人弘道，非道弘人”，知道一乘佛法的人，无论用什么方法契入，都能得究竟之道，若没有一乘的伟大胸襟与恢宏风格，就是证得阿罗汉也是“无有是处”。

佛菩萨之所以不断地回到“劫浊、烦恼浊、众生浊、见浊、命浊”的五浊恶世示现，是为了使众生得到清净，使众生从佛的知见来悟知自己的佛心，然后契入与佛无二的境界，这就是佛教的“一大事因缘”。

佛法是没有分别的，只看学法的人有没有办法开辟荆棘草莱，进入宽广的菩提沃野，我们学佛的人应该深切认识这一大事因缘，不要自陷于分别的烦恼之中，当佛说“诸佛世尊欲令众生开佛知见使得清净故，出现于世”，细细体会，这简单的话里，就有甚深微妙的智慧与无量深切的大悲。

为众生而庄严

为一切众生故见于如来，

而心不取众生之相。

化一切众生向于涅槃，

而亦不取向涅槃相。

为一切众生发大庄严，

而心不见庄严之相。

——《文殊师利所说摩诃般若波罗蜜经·舍利弗告文殊菩萨》

我们在寺院中看见的菩萨像，都具有一些特质，一是慈眼俯视着人间众生，这就是我们平常所说的“慈悲”、“菩萨低眉”。

二是庄严，菩萨身披璎珞、头戴宝冠，穿着辉煌斑璨的锦衣，看了令人心生欢喜，感到心向往之，实在不是一般神像所可比拟。

三是宁静，菩萨或坐或立，不管是什么姿势，都使我们感到沉静与澄明的力量，因为宁静，使我们感到自在，可以包容一切的苦难，有如波平如镜的湖泊或伟岸不动的山峦。

四是反观，菩萨不仅低眉俯视众生，也是不时回观内心的世界。

菩萨的雕像虽不足表现菩萨深邃广大的精神，却也足以象征菩萨的一些本质，其中最重要的精神就是为众生而庄严，菩萨都具有姣好的面貌、美丽无比的衣着，那不是为了自己，而是为了使众生欢喜、使众生起信、使众生有美丽而庄严的心。

再深一层看，离开了众生就没有菩萨的成就，众生既是菩萨的眷属，也是菩萨的动力。

菩萨为了利益一切众生而求见实相，但心不取众生之相，因为于实相中，无有众生相可得。菩萨为了化导一切众生而心向清净的涅槃境地，但又不住于涅槃之相，因为有众生尚未涅槃。菩萨为了度一切众生，故发起福慧两大庄严，但这种庄严是无我的，故也没有庄严之相。这是此偈的意义，可以让我们见到介于佛与众生之间的菩萨，是以什么样的心情降临这个世界了。

在这个偈里，我们还可以体会到菩萨虽证验了一切皆空的道理（众生是空、涅槃是空、庄严是空），却并不消极避世，他既不厌弃世间，也不追求涅槃，反过来说，他是志在世间，也志在涅槃，因为是不增不减、无二无别的缘故。

有一次佛的弟子问佛："谁当入地狱？"

佛说："我当入地狱，不唯入地狱，且常住地狱；不唯常住地狱，且庄严地狱。"

读到这里，我落下泪来，好一个"庄严"！

如实知自心

菩提心为因，

悲为根本，

方便为究竟。

云何菩提？

谓如实知自心。

——《大日经·毗卢遮那佛告金刚手菩萨》

如实知自心，就是切切实实知道自己的心。

因此，如实知自心有两个重要的意义，一是知道自己的心是包容一切的宝藏，二是去承担这个宝藏。禅宗有两个故事，可以说明这两个意义：

大珠慧海禅师第一次去见马祖道一时，马祖问他："从何处来？"他说："越州大云寺来。"

马祖问他："来这里做什么？"他说："来求佛法。"

马祖说："自家宝藏不顾，抛家散走做什么？我这里一物也无，求什么佛法？"

慧海礼拜问道："阿那个是慧海自家宝藏？"

马祖说："即今问我者，是汝宝藏，一切具足，更无欠少，使用自在，何假向外求觅？"

大珠慧海于言下自识本心。这就是如实知自心！

还有一个故事，是高沙弥去参药山惟俨禅师，药山问道："你可知道人心像长安城一样热闹，熙熙攘攘的吗？"

高沙弥说："我的心中国泰民安。"

药山问："你这种体悟是从读经得来呢？还是从参学中得来？"

高沙弥说："既不是从看经得，也不是从参学得。"

药山问："有人不看经也不参学，为什么得不到呢？"

高沙弥说："不是他体悟不到，而是他不肯承担。"

对于佛教徒而言，每个人都能相信自家的心是最大的宝藏，却往往不能得到，最大的原因就是不肯真实地承担这种信念。以至于，修禅的人往往把禅看成"自力"，习净土的人则常常把念佛看成"他力"，这都是落于两边的观念，念佛的人更需要自我的承担，习禅的人则需要佛的信心与众生的包容。

念佛者常信托于最后的时刻，禅宗则教我们专注于日常生活，其实，人生的最后就是日常生活，而每一次日常生活都是当时的最后时刻，因为，自家宝藏（或说如实知自心）乃是通贯三世的实相，也是十方一切有情众生的心。

反过来说，如实知自心就是菩提，而菩提正是以菩提心为因，悲为根本，方便为究竟的。一个如实知自心的人，菩提心、慈悲、善巧方便都是自然的流露；不能如实知自心的人则需要菩提心的发起、慈悲的承担、善巧方便的实践来开启。

有一天，药山惟俨禅师在看经，弟子见了就说："师父，你平常不许人看经，为什么自己却看经呢？"

药山说："我只图遮眼呀！"

弟子说："我也想学师父一样，拿经来遮眼呢！"

药山说："若是你，牛皮也需要看透呀！还遮什么眼？"

"如实知自心"看似平常，而平常其实最难，远方易求，眼前难知，就是这个道理。丹霞天然禅师说得多好："阿尔自看，善巧方便，慈悲喜舍，不从外得，不着方寸。善巧是文殊，方便是普贤。尔更拟趁逐什么物？不用经求落空去！"

以戒为师

女人无信，不可亲近。

王恩虽胜，不可恃怙。

水沫无实，不可撮摩。

富贵无常，不可久住。

色相如花，须臾变异。

寿如熟果，不可久停。

如急流渡船，如朽屋暂住。

宁吃毒药，不能饮酒。

宁入大火，不能嗜欲。

——《大乘戒经·佛告诸比丘》

佛陀圆寂之前，阿难尊者代众弟子请示：

“世尊涅槃后，我们将以何为师？”

“你们应以波罗提木叉为师。”佛陀说。

波罗提木叉翻译成中文就是“戒律”，也就是应“以戒为师”。

佛教的三学是“戒、定、慧”，佛不教弟子以定为师，或以慧为师，是有深刻含义的，因为再高的禅定与智慧，若没有戒律为基础，都可能恶质化，不仅对行者无益，对于人世反有更大的危害。

此所以佛陀在《遗教经》的第一条教诫就说：“汝等比丘，于我灭后，当尊重珍敬波罗提木叉，如暗遇明，贫人得宝，当知此则是汝等大师。若我住世，无异此也。”可见戒是多么重要。在佛戒里，以五戒为基础，就是戒杀生、戒偷盗、戒邪淫、戒妄语、戒饮酒，佛的弟子若不能守此五戒，禅定与智慧都成为奢谈了。

在《佛说大乘戒经》里，佛陀说：“宁舍身命而趣无常，不得纵心犯其戒律，若人舍命只坏一生，若复破戒令百万生沉沦恶道。”又说："戒为最上庄严，戒为最上妙香，戒为欢喜胜因，戒体清净如清凉水能除热恼。戒法最上，世间咒法龙蛇之毒而不能侵，持戒得名闻，持戒获安乐。"佛陀对戒律的重视，从这些经句可以看得非常明白，前面这首偈就是佛陀说了戒之后，强调一个守戒的人不应该执着于女人、王恩、富贵、色相，甚至寿命，才能从世间的沉沦中超越出来。

比较有争议的，是现代女性如果看到"女人无信，不可亲近"可能会心中不悦，不过要知道这是佛陀对出家比丘的教诫，是一种应机说法，不必过分计较。

佛陀在这部经又说："若持戒人成就一切法宝，譬如宝瓶，圆满坚固，能盛一切珍宝，如是破损，珍宝散失。若破律仪，则舍一切善法。"值得我们记而诵之。

世间无常

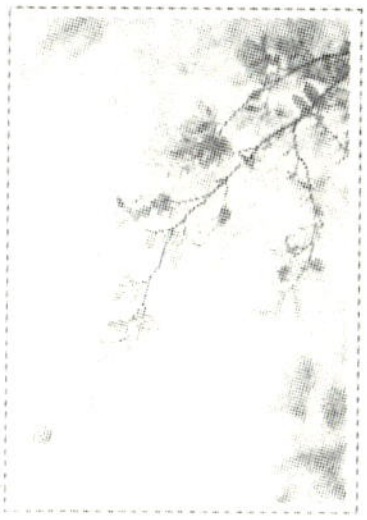

世间无常，国土危脆；

四大苦空，五阴无我；

生灭变异，虚伪无主；

心是恶源，形为罪薮；

如是观察，渐离生死。

——《八大人觉经·佛说》

从前看电视，看到济公活佛拿着葫芦大口饮酒，有人问他："师父是出家人，怎么也喝酒？"

济公说："我济癫酒色财气四大皆空，喝酒有什么要紧。"

这对话看了让人发笑，因为佛经里的"四大皆空"并不是指酒色财气，想必修行高妙的济公和尚不至于不知道，而是编剧的人无知。

"四大"不是酒色财气，而是地水火风，佛经里说小自我们的身体，大至宇宙万物，都是由地、水、火、风四大元素所组成，这四大元素不断迁流变化，没有一个永恒的实体。

我们体内的毛发、爪齿、筋骨与外在的草木、泥土、石头等坚性的东西是"地大"。

我们体内的脓血、汗泪、涕尿与外在的河海、湖泊、雨露等湿性的东西是"水大"。

我们体内的温度、火气、热恼与外在的阳光、灯烛、温泉等暖性的东西是"火大"。

我们体内的呼吸、气脉、气息与外在的空气、风云、蒸气等动性的东西是“风大”。

地水火风四大不断地生灭变异而组成这个世界，缘聚则生，缘散则灭，并没有一个真正的实有，因此真正的实有不是地水火风等元素,这才是“四大皆空”。因为四大不是主人,所以才会“世间无常、国土危脆”。

除了四大的元素，人还有五阴（色、受、想、行、识），这色体、感觉、想象、行为、意识其实也没有真我的存在，如果能了解到这一点，就会知道身口意等形体造的罪业，都是心的作用，一旦人能认识到四大、五阴是假我，恢复人生的尊严与自由，则“如是观察，渐离生死”。

这首偈出自《八大人觉经》，又名《大士八大觉念经》，说明了世间无常、四大苦空是菩萨的第一个觉悟，这部经是佛教极重要的经典，能说明佛教的基本概念，经文简洁易懂，可惜常被忽略，我把它抄录在这里：

“第一觉悟，世间无常，国土危脆。四大苦空，五阴无我，生灭变异，虚伪无主。心是恶源，形为罪薮。如是观察，渐离生死。

第二觉知，多欲为苦。生死疲劳，从贪欲起。少欲无为，身心自在。

第三觉知，心无厌足。唯得多求，增长罪恶。菩萨不尔，常念知足，安贫守道，唯慧是业。

第四觉知，懈怠堕落。常行精进，破烦恼恶。摧伏四魔，出阴界狱。

第五觉悟，愚痴生死。菩萨常念：广学多闻，增长智慧，成就辩才，教化一切，悉与大乐。

第六觉知，贫苦多怨，横结恶缘。菩萨布施，等念怨亲，不念旧恶，不憎恶人。

第七觉悟，五欲过患。难为俗人，不染世乐。常念三衣，瓶钵法器。志愿出家，守道清白。梵行高远，慈悲一切。

第八觉知，生死炽然，苦恼无量。发大乘心，普济一切。愿代众生受无量苦，令诸众生，毕竟大乐。”

广大的风格

吾视王侯之位，如过隙尘。

视金玉之宝，如瓦砾。

视纨素之服，如弊帛。

视大千界，如一诃子。

视阿耨池水，如涂足油。

视方便门，如化宝聚。

视无上乘，如梦金帛。

视佛道，如眼前华。

视禅定，如须弥柱。

视涅槃，如昼夕寤。

视倒正，如六龙舞。

视平等，如一真地。

视兴化，如四时木。

——《四十二章经·佛说》

《四十二章经》是中国最早翻译的佛经，其中的四十一章都是佛陀对弟子的教诲，唯有此章是佛陀的自道，气派宏远、风格高迈，使人仿佛步进星光灿烂、波澜壮阔的海洋，佛陀伟大的胸襟与超越的人格如在目前。

这由后汉迦叶摩腾与竺法兰翻译的偈，有如一首优美错落、韵味独特的现代诗。勉强译成白话，意思是：

我看王侯的权位，像飞过门窗缝隙的尘灰。
看金玉宝物，像瓦片石砾一样。
看丝绸锦缎的衣服，像破旧的粗布。

我看三千大千世界，如一个植物的种子。
看阿耨达池的池水，如涂抹脚部的油。
看一切方便的法门，如幻化的宝物聚集。
看最上乘的佛法，如梦里见到的黄金玉帛。

我看佛道，如眼前飘过的花朵。
看禅定，有如须弥山的支柱一样稳固。

看涅槃，就像白天夜晚都同样地清醒。

看凡夫的颠倒与圣人的正见，如六龙飞舞游戏。

看世间一切平等，有如真如法界没有差别的境地。

看一切的兴起化育，就像四季的树木自然变迁。

由这首偈，我们可以看出佛教两个重要的质地，一是广大的风格，二是超越的境界。唯有广大的风格才能看大千世界有如木槵树的一颗种子，唯有超越的境界才能使人不被世俗的价值所拘绊，能穿透权位、金玉、感官，达到真实的境地。

一个有广大风格的人才能真慈悲，一个有超越境界的人才会有真智慧，广大的风格使我们能包纳多元的世界，超越的境界则令我们有纯净的生命。

佛教虽讲净土，但一个人心中若无净土，十方世界便皆无净土；佛教虽讲出世，但若无世间的锻炼，则出世正是一种人道精神的失落。所以，心中的净土与佛的净土无异，入世与出世应等量齐观。

对于心境澄明的人，世俗之物固如空如幻，出世的寄托何尝不如梦如花呢？入世的事物尚不可执着，出世的境界又何尝可以依托呢？一个人应该回归自心的安宁自在，才能在世出世间得到圆融的智慧，这是佛陀此偈的真意。

与其说佛教是入世的宗教或出世的宗教，毋宁说佛教是“缘起”的宗教，因为缘起性空，故每一个因缘都是智慧的因缘，不分出世与入世；每一个对象莫不是慈悲的对象，菩萨与众生等无差别。

心无挂碍

以无所得故，菩提萨埵，

依般若波罗蜜多故，心无挂碍。

无挂碍故，无有恐怖，

远离颠倒梦想，究竟涅槃。

——《心经·佛告舍利子》

清朝的乾隆皇帝到镇江金山禅寺欣赏长江的风光，由住持法磬禅师作陪。乾隆问法磬禅师："长江一日有多少船往来？"

禅师说："只有两条船往来！"

乾隆不解地问："你怎么知道只有两条船呢？"

禅师说："一条船为名，一条船为利。"

这真是警人迷梦的故事，我们也可以这样说，每天在街头走来走去的只有两个人，一个人为名，另一个人为利。然后我们看见汲汲营营为名利奔走的人，脸上只有两种表情，或欢喜或忧愁，得的人欢喜，失的人忧愁。

有所得，就有所失，这乃是千古不易的道理，有得失的人就是心有挂碍的人，有挂碍，就有恐怖，就无法得到真实的自由了。

菩萨就不是如此，菩萨超越了相对的世界，对众生、对宇宙都无所求，没有得失的心，所以不但醒着的时候，不会挂碍恐怖，连睡梦中都是清清楚楚，不被颠倒梦想所困顿。菩萨没有苦恼，也没有快乐，苦乐俱忘。

我们想学习菩萨精神，首先就不要有得失之念，念佛、拜佛、参禅、持咒都无所求，都是心志清纯，一念不生、一尘不染，那么般若波罗蜜多就不是很遥远了。

或许，我们做不到菩萨清净无上的境界，我们不免有得失，但是，若一个人只为自己的名利生命的得失挂怀，生命的风格就未免太窄小了。

最近来台湾弘法的，美国万佛圣城住持宣化上人，他的弟子告诉我，有一次他问上人："师父生平一定有得意或失意的事，请问，什么是师父最得意的时候，什么是师父最失意的时候？"

宣化上人说："在我能帮助众生的时候，是我最得意的时候。我最失意的时候，是明知道众生有困难，却帮不上忙的时刻。"

我听到这件事非常感动，菩萨的得失如果会使他挂怀心痛，那不是为了自我，他没有丝毫的私念，纯粹是为了众生，这是使无数菩萨历经千劫万磨还来到世间的理由！也是在最黑暗的深夜、最偏远的荒村，乃至最苦痛的地狱，菩萨还睁眼俯视、聂耳垂听的原因呀！

最重要的品质

色无量故般若波罗蜜无量

受想行识无量故般若波罗蜜无量

缘无边故般若波罗蜜无边

众生无边故般若波罗蜜无边

——《摩诃般若波岁蜜经·佛告憍尸迦》

若要说大乘修行两个最重要的名相，无疑的是“般若”与“菩提”，这两个名相也正是大乘菩萨最重要的内涵、实践，与品质。大乘经典正是在反复的教化、阐明、颂赞般若与菩提的重要。

简单的说，正如《大智度论》所言："般若者，秦言智慧，一切诸智慧中，最为第一，无上、无比、无等，更无胜者。”它包含了世出世间中最深奥明澈的慧见，用现代话讲，就是“妙智慧”、“佛菩萨的智慧”。由于用“智慧”这两个字容易沦为世间的见解，因此经典中都直译为“般若”。

菩提，译为觉悟或大道，“道之极者，称曰菩提”，“菩提，名称佛道”。由于菩提也有果德圆通、无上智慧的含义，因此我们如果说菩提是觉悟则不免拘限了它，经典里于是直译为“菩提”。

从经典上看来，“般若”与“菩提”在内涵上有重叠之处，并且在很多时候可以等同。我觉得，般若通常较偏向于智慧的空义，菩提则较重慈悲的柔软，般若是万物的一性，菩提是万物的多性，前者有如湛蓝无垠的天空，后者是黑夜中辉煌的日月星辰，前者是一性，后者是万法，万法可以归一，其中并无差别。也就是说，慈悲就是智慧，智慧就是慈悲，般若即菩提。

人的创造力、超越力是来自智慧，可是使创造与超越把一切邪见虚伪转化成完美清净的是慈悲，唯有以“般若之眼”加上“菩提的双足”才能走向正觉的彼岸，这就是“波罗蜜”，也是大乘佛法的精髓。

认识了般若与菩提，我们再回来看这首偈，就能会心一笑，一个人的大智大悲不是凭空而有；而是来自世间的观照与因缘的对待。

菩萨为什么有无量无边的大智大悲呢？那是他们明见了色受想行识的无量，以及因缘与众生的无边，他们从繁复的世事中生起智慧，也从众生的苦难中实践慈悲。愈烦恼愈空明，愈苦难愈柔软，乃至烦恼苦难永无止境，空明柔软成为永恒的锻炼，这就是菩萨心肠。

所以，色受想行识可以成就菩萨，每一个因缘、每一个众生都可以成就菩萨，对于菩萨，众生力就是如来力，进入菩萨的第一步即是：不可轻视任何一个众生。

在同一部经里，佛陀说：“众生不生故般若波罗蜜不生，众生无性故般若波罗蜜无性，众生离相故般若波罗蜜离相，众生不灭故般若波罗蜜不灭，众生不可思议故般若波罗蜜不可思议，众生不可知故般若波罗蜜不可知，众生力集故如来力亦集。”

智从何来？悲从何来？值得我们静虑深思。

依靠菩萨的大宏誓愿

南无大悲观世音，愿我速知一切法。
南无大悲观世音，愿我早得智慧眼。
南无大悲观世音，愿我速度一切众。
南无大悲观世音，愿我早得善方便。
南无大悲观世音，愿我速乘般若船。
南无大悲观世音，愿我早得越苦海。
南无大悲观世音，愿我速得戒定道。
南无大悲观世音，愿我早登涅槃山。
南无大悲观世音，愿我速会无为舍。
南无大悲观世音，愿我早同法性身。
我若向刀山，刀山自摧折。
我若向火汤，火汤自枯竭。
我若向地狱，地狱自消灭。
我若向饿鬼，饿鬼自饱满。
我若向修罗，恶心自调伏。
我若向畜生，自得大智慧。

——《千手千眼无碍大悲心陀罗尼经·观世音菩萨白佛言》

读大乘经典时，最感人的是菩萨的悲心，最震撼人的是菩萨的智慧，最令人热泪盈眶的就是菩萨的愿力了。每当我读到佛菩萨发出天边响雷一样震耳的愿望时，总会感到身毛皆竖，血脉奔腾，全身发热，仿佛有一股热流，从头顶一直暖到脚心。

菩萨是以愿力的坚持活在无垠的时空之中，大乘与小乘的不同，正在于愿力的不同，愿力代表了菩萨的胸怀与风格，也象征了菩萨的创造力与菩提心。我们净土宗的修行，认为佛国（极乐世界）是实有的，而一个佛国凭靠的地基是什么呢？正是佛的愿力。佛的愿力又是从何而来？则是生生世世行菩萨道所发的愿。

因此，无愿不能成就菩萨，无愿也无以成佛。

佛菩萨的愿力是由他们的大悲心自然流露出来，从在久远劫前，他们与我们一样是凡夫时，当他们种下第一粒菩提的种子就开始发愿，为了拯救陷于烦恼与苦难的众生，他们几乎生生世世都在发愿，为了种种誓愿，不管自己处在多么痛苦的折磨，都勉力完成这些誓愿。于是，白莲花从污泥秽地开放了，芳香弥漫于整个大地了，金黄色的土地筑成了，青玉与水晶的楼阁建好了，空中响着好听的音乐与优雅的鸟声了……一个个诸佛的净土就这样完成。

佛菩萨的愿力当然不只是要建立他的净土，也不只是对我们来生的解救。更多的是要我们今生甚至此时此刻就得到利益，所有的佛菩萨几乎都发过这样的愿望：“只要至心念我的名号一次，就能得到莫大的利益。”也都发过这样的愿望：“真心想证菩提的人，只要念我的名号，我就护持他永不退转。”

这些愿望使我们知道，因为愿力，佛菩萨永远没有远离，佛的愿力固然创造了看似远在天边的净土，但佛的愿力也使净土同时存在念佛的人心中，佛菩萨则以愿力充满在每一个世界里。在这个时代、这样的环境中修行，想要证得菩提是非常艰难的，若没有佛菩萨愿力的护持帮助，几乎是不可能的，所以我们应该依靠佛菩萨的力量，以他们的大宏誓愿做我们的阶梯来登高，做我们的法船来渡河。

文前引的偈就是观世音菩萨教导众生读大悲咒时应与他一起发愿，然后他说：“诵持大悲神咒，堕三恶道者，我誓不成正觉。诵持大悲神咒，于现生中，一切所求不果遂者，不得为大悲心陀罗尼也。”

我再举一些观世音菩萨的愿来看看：

“称我名者，皆得不退转地，离一切病，脱一切障，一切怖畏，灭除身语意恶，况能于我所说神咒受持读诵，如说修行，是人于无上菩提领受，如在掌中。”（《十一面神咒心经》）

“我之所有一切善根，尽回向阿耨多罗三藐三菩提，愿我行菩萨道时，若有众生，受诸苦恼恐怖等事，退失正法，堕大暗处，忧愁孤穷，无有救护，无依无舍，若能念我，称我名字，若其为我天耳所闻、天眼所见，是众生等，若不免斯苦恼者，我终不成阿耨多罗三藐三菩提。”（《悲华经》）

“愿诸众生，若念于我，若称我名，若见我身，皆得免离一切怖畏！”（《华严经》）

“尽我形寿，遍度一切众生，若有一众生不得度者，我誓不取正觉。若我于众生未尽度时，自弃此宏誓者，我之脑裂为千片。”

“我得佛心，证于究竟，能以珍宝，种种供养，十方如来。傍及法界，六道众生，求妻得妻，求子得子，求三昧得三昧，求长寿得长寿。如是乃至，求大涅槃，得大涅槃。”（《楞严经》）

佛菩萨的愿力正是如此不可思议，我们的信仰，正是以自己的信愿与佛的愿力相应，自然能得到佛的加持，佛心即是已心，佛愿圆满已愿，当阿弥陀佛说："设我得佛，十方众生，至心信乐，欲生我国，乃至十念，若不生者，不取正觉！"我们读到这样的愿，不只身毛皆竖，真是令人涕泪交流了。

梦幻泡影

一切有为法，

如梦幻泡影，

如露亦如电，

应作如是观。

——《金刚经·佛告须菩提》

香港有一首生日歌，其中的两句是“愿你年年有今日，岁岁有今朝”，虽是生日祝愿之词，听了却叫人暗暗心惊。年年有今日，岁岁有今朝不是很自然的事吗？何必当成一种祝愿呢？

不幸的是，很多人不能年年有今日，岁岁有今朝，因为有的人等不到明年生日就已经离开这个尘世了，还有的人虽不致如此，却是年年境遇改变，将来不一定有今日的境遇了。当然，最可肯定的是年年的今日都比今年的今日要老去了。

有时，做这样的观想会使我们冷汗直冒：就以生命而言，我们从婴儿而童年、而少年、而青年、而中年，很快就要步入老年，几乎每一天每一月都离死亡更近了。我们偶尔想起近事，去年，乃至昨日，都仿佛是飞驰而过，一下子就去得很远。而我们认识的人，有比我们老的，与我们相同年纪，甚至比我们年轻的人已经去世了，再也寻找不到他们的踪影。

生命是如此无常，伴随生命的事件就更不可把握了，我们看见恩爱的情侣瞬间反目，我们看见贫贱的人突然暴富，我们也看见了达官贵人遽然身败名裂。

如果我们真实地观想到生命所能想象或感受，乃至创造的世界（有为法），就会知道我们不能确定将来会发生什么事，因为没有一件事能超越无常，没有一件事能超越变灭，别人的境遇会改变，我们也会！别人会老会死，我们也会——这样想来，当我们说“年年有今日，岁岁有今朝”就变成一个伟大而不可企及的愿望了。

佛陀说：“一切有为法，如梦幻泡影，如露亦如电，应作如是观。”是真切地说出了无常，也告诉我们，人没有多余的时间和精神在有为法中住留和追求，人应该更努力来开启悲心的发展和空性的证得。

因此，我们没有时间消极颓丧，而应该奋起精进，不要一生都在梦幻泡影、如露如电中过去。有一位修行人说过两句话，值得背诵，他说：

“时时可死，步步求生！”

这才是了透无常，一等一的修行。

当观知足

若欲脱诸苦恼，当观知足。

知足之法，即是富乐安稳之处。

知足之人，虽卧地上，犹为安乐。

不知足者，虽处天堂，亦不称意。

不知足者，虽富而贫。

知足之人，虽贫而富。

不知足者，常为五欲所牵，

为知足者之所怜悯，是名知足。

——《遗教经·佛告诸比丘》

有一次到动物园去参观，在猴群聚集的地方，有一个游客丢一根香蕉给猴子，结果一大群猴子都来抢香蕉，甚至你推我挤、大打出手，一直到猴王出现了，才平息抢香蕉的纷争。

动物园的人告诉我，再一个小时就要来喂食了，地上也还有一些早上未吃完的食物。这使我知道,猴子抢食香蕉乃不是为了饥饿,而是因为贪欲,因为不能知足。即使它们都吃饱了,有人丢一根香蕉,还是会打起来。

看到猴子抢香蕉，使我不免有悲悯之念，知道单纯地被欲望支配，是很可悲的。

但是回过头来看人，在这个世界知足的人也很少，尤其是在鼓励消费的资本社会，由于消费意识的高涨，很少人能满足于眼前的生活，总觉得还有更奢华的生活可以追求，美其名为“生活质量”。为了更高的生活质量、更大的消费，人就要拚命地挣钱，钻营奔走、无所不为。许多人就这样奔走一生，最后充满遗憾的心情离开这个世界，只因为“不知足”。

当然，不知足很可能是社会发展的动力，可是不知足也是人性堕落的基因。不知足的心容易被五毒障蔽，充满了贪婪、嗔恚、愚痴、傲慢，与怀疑，不知足的人也不能领会单纯平静的喜乐，找不到身心平衡的定点。

佛陀早就看清不知足是人性的弱点，因此教我们应该观照知足，有了知足的心才能使心灵平静，常处于净土；有了知足的心才不会为世间的俗事花费太多的时间，有益于沉思；有了知足的心才不会计较利害得失，而能反观自我。

知足，使人即使在最复杂的社会里，也能自在、自由，和自尊。
知足，使人即使在最豪贵的人面前，也能胸怀高旷，充满悲悯。
知足，使人即使在最艰难的困境里，也能安乐富有，充满感恩。

平等的心

我观一切，普皆平等。

无有彼此，爱憎之心。

我无贪着，亦无限碍。

恒为一切，平等说法。

——《妙法莲华经·佛告迦叶》

对待别人乃至一切众生都有平等的心，是非常高贵的人格品质，历史上的伟人多具有这种品质。

平等的心是来自真实的博爱与彻底的慈悲，那是因为能感受到在不平等对待里生活的众生深刻的痛苦，而有了平等的追求，近代自由民主的社会首要的基础也在于此。

但人民百姓的平等，指的是外在条件与权利义务，佛陀所说的平等是从外相进入实相，指的是众生佛性的平等。因而，佛教中的平等有两义，一是众生皆有佛性，佛性光明无二地平等；二是菩萨在观照对待众生时有平等的心，不因众生的外在条件而有不同的对待，面对国王或乞丐都要一样地恭敬柔和。

在佛陀所生长的环境与时代，他对不平等的感受必然比我们现代人深刻得多。当时印度的种姓制度盛行，人民阶级牢不可破的分为四等：婆罗门、刹帝利、吠舍、首陀罗，其中以婆罗门最为尊贵，自认为天之骄子，甚至衍生出一个观念：“婆罗门清净，非婆罗门是婆罗门子从口生，婆罗门所化，婆罗门所有。”而以首陀罗最卑微，是天生的奴隶，也是贱种的意思。

生长在极端不平等的社会，佛陀虽贵为王子，却能深刻体会到庶民的痛苦，因此他行遍印度诸国来传扬“众生平等”的信念，在当时需要很大的气魄与勇力，他的勇气来自他见到的平等实相，以及真正的慈悲与智慧。佛陀众生平等的立论曾引起贵族阶级的恐慌，后来都被他所折服。

有一次，他与婆罗门族中公认为最有智慧的学者婆悉吒对谈，曾说：“夫行善法，必有善报；行清白行，必有白报。若使此报，独在婆罗门，不在刹帝利、吠舍、首陀罗者；则婆罗门者应得自言：我种清净，最为第一。若使四姓同有此报者，则婆罗门不得独称我种清净，最为第一。”因而折服了自负的婆悉吒，佛陀的意思是佛性平等，因果业报也平等，如果婆罗门不能自外于业报，那么与其他种姓有何不同呢？

佛陀的平等观不只是理论层次，他的僧团彻底实践这种平等，四个种姓在佛座下一律平等，小自衣食住行，大至修法行道都没有差别，在佛的僧团里是印度有史以来第一次使种姓得到平等对待。

佛陀对婆悉吒说:“婆悉吒!汝今当知,今我弟子,种姓不同,所出各异;于我法中,出家修道。若有人问:汝谁种姓?当答彼言:我是沙门释种子也。”

从佛的时代到今天,所有出家僧尼的姓氏都是“释”,是始自这个时候,以“释”为姓固然是在缅怀释迦牟尼佛,彰明自己是佛的弟子,其中更有平等的真意。

社会的平等、人权的平等,提升到业报的平等、佛性的平等,然后进入一个广大的平等心;真心平等对待众生,佛、我、众生等无差别,这是从外相进入了实相。

最后,由菩萨的眼睛中看来,一切众生对我有恩,一切众生是我父母,我悯念一切众生要如供养如来无异,是使平等的心越过了高山平野,到了万里无云、朗朗乾坤的境界。我们来看《心地观经》的一首偈就可以看出端倪了:

有情轮回生六道，犹如车轮无始终；

或为父母为男女，世世生生互有恩。

如见父母等无差，不证圣智无由识。

一切男子皆是父，一切女人皆是母。

以大悲为力

小儿以啼为力，欲有所说，要当先啼。

女人以嗔恚为力，依嗔恚已，然后所说。

沙门婆罗门以忍为力，常念下下于人，然后自陈。

国王以骄傲为力，以此豪势，而自陈说。

然阿罗汉以专精为力，而自陈说。

诸佛世尊，成大慈悲，以大悲为力，弘益众生。

《增一阿含经·佛告诸比丘》

学佛的人常喜欢讲神通与感应，甚至以神通力与感应力来衡量菩萨，但却很少人真知菩萨的力量从何而来？是什么力量使菩萨有非凡的神通与感应？

是大慈悲！

因为有解救众生的大慈悲，以致连众生一句求告的声音也不肯放过，寻声而救苦，这种悲力就发挥出无比的感应。

因为有利益世界的大慈悲，菩萨才会不断地发愿，永不疲厌地进入苦难之地，甚至说“地狱不空，誓不成佛”，这种悲力使菩萨奋斗不懈，用泪与血的铁砧锤炼人格的力量，用灵与悟的火炬来点燃智慧的光明，发展出伟大的神通力。

所以，新学菩萨不要去追求感应与神通，因为没有大悲心的感应与神通是最危险的；若没有大悲的根本，神通与感应正好走向了邪曲的道路。

我们不应以追求神通作为修行的目标，而应该以大慈悲当成最重要的方向。

我们不要追求神通，但不是说我们不要相信神通。我们所深信的十方三世都有佛菩萨，只要我们一声求助的声音，立刻得到了诸佛菩萨的护卫，这不是最雄大的神通吗？

我的看法是，智慧与慈悲都是富于创造力的，若能善用这种创造力化为美善有利世界的东西，就可以说是神通与感应。因此，每个人都有小小的神通，例如农人善于种稻，计算机工程师善于程序变化，音乐家把死的乐器转成美妙的声音，医生去除了患者的疾病……这些，在我看来都是“神奇的通达”，相信是有某种“不可知的灵感”所得致的，但其实是极平常。

就像小孩能啼（可以哭四五天）、女人能记恨（可以恨一辈子）、婆罗门修行者能忍（可以承受最大的苦行）、国王的骄傲、阿罗汉的专精一样，看起来都有大力量，简直接近于神通。但佛陀告诉我们，唯有大慈悲才是真正最伟大的力量。

所以我们要一边仰赖菩萨的大慈悲，一边开启自己的慈悲之力。

凡夫的我们不是不讲感应，而是要知道平安就是感应，每天睡着了还能醒来，醒来还有饭吃，还能感受世界，这就是感应。也不是不讲神通，而是知道进步就是神通，今天比以前慈悲，比以前有智慧，比以前善于待人，比以前清楚自己的方向，这都是神通！

生死的轮转

当知轮回，爱为根本，

由有诸欲助发爱性，

是故能令生死相续。

欲因爱生，命因欲有，

众生爱命，还依欲本，

众欲为因，爱命为果。

——《圆觉经·佛告弥勒菩萨》

释迦牟尼佛证道以后，他的兄弟都先后跟随他出家了，只剩下一个弟弟难陀还留在王宫里，成为可以继承王位的最后一位王子。

他的父亲净饭王很担心难陀也会出家，对难陀管教非常严格。难陀美丽的妻子更是担心，每次他要出门，就在他额头点上口红，规定他在口红未干前，要回到王宫，难陀很爱美丽的妻子，所以无不遵从。

有一天，佛陀知道难陀出家的因缘到了，就托钵到王宫化缘，难陀的妻子怕他一去不返，禁止他去给佛陀送饭，但难陀坚持要去，夫妻争执半天，最后妻子在他额头上点了口红，规定他拿饭出去，倒在钵里，一句话也不要说，立刻回来。

难陀到门口，把饭倒在佛陀的钵里，佛陀一句话也没说，用手一招，难陀就跟他走了。

难陀就这样出家了，抹去了额上的口红。

可是，出家的难陀还时常思念家里美丽的妻子，无心于修道。有一天，佛陀带他到东海去玩，在海边看到一具尸体，是个少女，虽然死了，仍然很美丽，佛陀叫他走近看看，难陀看见尸体的脸上有一只白虫，佛陀告诉他，这只白虫就是那个女人死后投生的，因为太爱自己漂亮的容貌，死后还不肯离去，就在自己前生的脸上不断地爬行钻动，舍不得离开。

然后，佛陀又用神通力带他到天堂去，到了欲界天，有无数美丽无比的天女在那里游玩嬉戏，难陀看到那些天女简直呆住了，每一位的美丽都胜过王宫里的妻子千百倍。难陀觉得奇怪，天堂里怎么没有男人呢？于是问其中一位天女，天女告诉他，住在欲界天的天女有五百位，她们都属于一位男性的天主。

“那么，你们的天主呢？”难陀说。

“我们的天主还在人间修行，等他死后就会来这里投生。”天女回答。

“你知道这位天主是谁吗？”

“他的名字叫难陀，现在在印度，他的大哥是佛，现在他跟佛修行，我们在这里等他，如果修行有成，下一世他就会来这里当天主。”

难陀听了很兴奋，从天堂回来后很努力修行，因为他想到那五百位美丽无比的天女，急着去当天主。

过一阵子，佛陀又带难陀到地狱，地狱的景象当然是恐怖而无法想象的，难陀看到一个大油锅，锅里的油正沸腾，火烧得很猛烈。锅旁站着两个面目狰狞的恶鬼，手拿叉子在等人。

“你们在等什么人？他犯了什么罪恶要来这里受如此可怕的报应？”难陀问。

“我们等的这个人正在人间修行，但是他修行的动机是为了淫欲，他修行之后会到天上享天福，等天福享尽，便到地狱来受此果报。”恶鬼回答说。

难陀听了大为惊吓，回到人间后就真心修行，后来得到伟大的成就。

难陀修行的故事非常有启示性，修行虽是伟大的志业，但是修行的动机与目的是在打破“我执”，清明自我的爱欲得到清净，如果修行者不能冲破爱欲的泥沼，甚至为爱欲而修行，最后“因地不真，果遭迂曲”，就会依然在轮回里受苦。

因为生死的轮转是以爱欲为根本的，有爱欲之因，就会结生命之果，众生爱惜情欲、贪爱生命，正是生死相续的根本原因，这根本的关键若不能打破，脱离死生的轮转就遥不可期了。经典上说“头陀不三宿空桑”，一个修行的人不要三天同住在一棵桑树下，以免对那棵树留情不舍，读起来真是令人心弦颤动，久久不能自已。

经典上曾记载，佛陀证道以后，如何回到世间度化自己的父母、兄弟、妻儿、师长，那不是对于情爱的不舍，而是解脱自在者的大悲；经典上也曾记载，许多菩萨如何流血献身，化导有缘无缘的众生，那不是对于人间的不舍，而是胸怀磊落者无染的珍惜；经典上也曾记载，无数的修行者蹈汤赴火，万死无悔地回到世界，那不是欲望的钩牵，而是人格超越者永远的誓愿。

生死可畏，情欲可畏，轮回可畏，但对佛菩萨而言都是云淡风轻，因为他知道轮转的根本所在，其心如炬，如斩毒树先断其根，则枝叶自然落尽，有什么可畏呢？

难陀的故事还有一值得沉思之处，就是三世六道并无界域，在广大的时空中，天堂、地狱、人间都在同时进行，因此现世当下的承当是多么重要，净土亦然如此，我们的心展现的一丝清净正是灌溉净土莲花的一滴露水，则分分秒秒每一刹那，都不应该恣情纵意，因为经典上说，人发出的一个念头，在耳根清净的菩萨听来，都有如天际轰然的雷声，那么，我们每天都在发出怎样的雷声呢？

仰天而唾

恶人害贤者，犹仰天而唾；

唾不至天，还从己堕。

逆风扬尘，尘不至彼，还坌己身。

贤不可毁，祸必灭己。

——《四十二章经·佛说》

有人以为佛教的因果轮回之说是宿命论，因此认定佛教是消极避世的宗教，他们常说："既然因果是注定的，一切都不能改变，那么，佛教的信仰又有什么用呢？"

因果不应该只是在宿命的论调中，因果是一切生命乃至宇宙的大法则，人所种过的因固然历历分明，它结成的果实也就丝毫不爽，它有如飞鸟过地，地上必有鸟影，鸟的影子不会凭空而有，飞鸟也不会没有影子。也有如投石入湖，水中必起涟漪，涟漪不会无端生起，当然，也没有人能做到投石入湖而水上无波。

但人不应该把因果全推给无始劫以来的前世，因为今天的果可能与昨天的因有关，下午的果可能与上午有关，此时此刻所承受的苦与所享的喜乐与上时上刻所种的因有关，甚至就在一个刹那中就有因果。所以照顾现在可以照顾的每一个身口意，就是在创造好的因果。

因果不全是坏的，好因必结好果，学佛的人不必畏惧因果，而是要深明因果的法则，这样行事才有一个准绳。因果之说深入中国民心，乃是人民有好品质的由来，现代社会伦理道德人心之所以败坏，不信因果是最大的缘由。

不信因果的人试着对天吐痰吧！试着逆风扬送尘沙吧！这唾沫与尘沙必然立即会落到脸上。

佛说的这首偈除了在说明一个身心洁净的贤德的人，不至于因外来的污毁而肮脏，也在说明果报自受之理，一个人行恶时受害最大的是自己，同理，一个人为善时受益最大的也是自己。尤其是对贤德的人行恶，果报的迅速就有如仰天而唾、逆风扬尘一样，存着恶心的人实在不可不慎！

有身八苦

生苦、老苦、病苦、死苦，

忧悲恼苦、怨憎会苦，

恩爱别离苦、所欲不得苦。

取要言之：五盛阴苦，

是谓名为苦谛。

——《增阿含经·佛告五比丘》

再没有更简要的语言，能像佛陀如此明白说出人生的痛苦了。

诞生在这个世界，就注定要接受痛苦的折磨，因为我们有了身体，有身体的人必然会老、会病、会死，年华老去的悲哀、辗转病榻的折磨、面对死亡的忧伤与畏惧，都是我们痛苦的缘由。

在青少年时代，我们比较不容易体会老、病、死的苦，但我们差不多在很年幼的时候，就能感受到人生的某些难以说明的忧伤、悲哀，与烦恼，这使我们失落、无助，与彷徨。

接着，我们环顾四周，发现处处都是冤家聚头，讨厌、憎恶的人偏偏与我们相会；而那些我们恩爱的人则往往必须别离。为什么我们想求的总是求不到呢？这个世界没有一个人比我更痛苦了吧！我可不可以从这种痛苦的罗网挣脱出来呢？

其实，这个世界上人人都一样的痛苦，只是痛苦的形式不同，痛苦的本质都是一样的，痛苦的来源也没有差别，简单地说，就是色、受、想、行、识五种障蔽与燃烧使我们聚集了这些痛苦。一个人到了中年，通常已经历练过无数次的八种痛苦了。

我国民间有一句话说，“家家有本难念的经”，我把它对了一个下联，“人人有些难言的苦”。我们在世间尘缘之中，看到了许多微笑着生活的人，也看到了许多和乐的家庭，那是因为我们尚未看见他人苦痛的实相，而我们反省起来，会发现人生的过程其实只是不断疗伤止痛的过程罢了！

所以，佛陀在悟道的时候，初对五比丘说法，就说出了人生的苦相，然后他说了“苦、集、灭、道”四圣谛乃是修行佛法的人应该最先觉悟的根本。

苦，是现实宇宙人生的真相。

集，人生的痛苦是贪、嗔、痴等烦恼恶业所招集的。

灭，人生最理想的归宿是常住于清净安乐的涅槃境地。

道，是修行八正道（正见、正思维、正语、正业、正命、正精进、正念、正定），才能证得涅槃的真理。

四圣谛讲的就是因果，集是因，苦是果，苦集是迷的因果、世间的因果。道是因、灭是果，灭道是悟的因果、出世间的因果。

人如何才能从痛苦中得到解脱呢？人如何才能解开身体的束缚呢？四圣谛说的正是最清楚扼要的答案。

三法印

一切行无常，

一切法无我，

及寂灭涅槃，

此三是法印。

——《莲华面经·佛说》

佛陀的弟子里，舍利弗是智慧第一，目犍连是神通第一，他们两位跟随佛陀的故事非常值得深思。

有一次，佛陀住在祇竹园精舍，他的弟子马胜到城里去乞食，正好被舍利弗看见了，舍利弗从未看见穿僧服的人，他看到马胜的衣服异于常人，颜色和悦、诸根寂定、衣服整齐，而且步履轻捷，俯视地上行走，非常有威仪。

舍利弗就向前问说:“你怎么穿这样奇特的衣服，你的老师是谁？可以告诉我吗？”

马胜说：“我的老师名字叫瞿昙（即佛的名字），我很敬佩他，因此跟随他学习。”

舍利弗就问：“你的老师，教你们什么法呢？”

马胜说：“我的年纪还轻，学佛的时间也很短，怎么能告诉你我的老师所教的广大意涵呢？不过，我可以简单地告诉你，我的老师说：‘法从缘生，亦从缘灭，一切诸法，空有无主。’”舍利弗听了，立刻心悟意解，得到法眼净，回到住的地方把这四句偈说给目犍连听，目犍连也立刻得到法眼净。（法眼净就是明见真理，是声闻的初果。）

两个人就立即启程去拜见佛陀，成为佛的弟子。

这个故事很像佛陀的前生“雪山童子”的故事，雪山童子在深山修行，有一天听见一个人大声地念半偈：“诸行无常，是生灭法。”他听了有如黑夜里见到了明灯，便到处寻找说偈的人，后来才发现这半偈竟出自面目狰狞的恶鬼之口，他于是礼拜恶鬼，请求它说后半偈。

恶鬼提出了交换条件，希望能用后半偈换取雪山童子的身体，雪山童子答应了。恶鬼就说：“生灭灭已，寂灭为乐。”雪山童子于是爬到树上勇敢地跳下来，完成他对恶鬼的承诺，当他跃下的时候，恶鬼还原为帝释，把他的身体托住，原来恶鬼是帝释的变现，来考验雪山童子的修行。

“法从缘生，亦从缘灭，一切诸法，空无所有。”
“诸行无常，是生灭法，生灭灭已，寂灭为乐。”

这两首偈与前面引的偈，意义是一样的，佛陀在许多经典里说过类似的偈，这首偈也有四字的："诸行无常，诸法无我，涅槃寂静，是三法印。"

法印，即定义，也就是佛法别于其他宗教的定义，如果用此三个定义来印证，便可以判别出何者是佛法，何者是外道。例如，若有人说："这世界有永生不灭、不会变异的事物。"或说："我是唯一的，只有我的法才能得到解脱，这世上无人比得上我。"或说："欲染也可以得到解脱。"那么，那是外道，不是佛法。

我们要跟随一位老师，阅读一本经书，都可以用三法印来印证，就仿佛盖上正字标记一样，不致买到赝品劣货。

时时心存三法印，就可以在五浊世间做一个不受迷惑的人。

观音法门

从闻思修，入三摩地。

初于闻中，入流亡所。

所入既寂，动静二相，了然不生。

如是渐增，闻所闻尽，尽闻不住。

觉所觉空，空觉极圆。

空所空灭，生灭既灭，寂灭现前。

忽然超越世出世间，获二殊胜：

一者上合十方诸佛本妙觉心，

与佛如来同一慈力；

二者下合十方一切六道众生，

与诸众生同一悲仰。

——《楞严经·观世音菩萨白佛言》

近来，有人大力提倡“观音法门”，引用观世音菩萨在《楞严经》所说的这一段话，说只有“闻所闻尽，入流亡所”，听见宇宙的大音流才能得到解脱，并说唯有这种听音的法门才是真正的观音法门，念大悲咒、念六字大明咒、念观世音菩萨的名号都不能算观音法门，都只是在累积福报，不能得到解脱。

最后还发展出一种观念，说是听音法门才是高级和高境界的，其他念名持咒的法门是低层次、低级的修行方法。

这样“新鲜”的观念，听起来令人心生恐动，依照《楞严经》的说法，若把“从闻思修，入三摩地。初于闻中，入流亡所”当成听音法门，说这是观世音菩萨的修行方法，则这种观念还说得通。不过，如果标明只有这种方法才是高级的修行方法，就令人疑虑了，因为这样等于否定了其他几部伟大经典的修行方法。

例如，首先就否定了《妙法莲华经》里普门品说的持名解脱修行方法；其次，又否定了《般若波罗蜜多心经》里持心咒的解脱修行方法；再则，又否定了《大悲心陀罗尼经》里持大悲咒的解脱修行方法；再则，又否定了《华严经》入法界品里观世音菩萨的大悲行门的解脱修行方法；再有进者，则是否定了《十一面种咒心经》《不空羂索咒心经》《悲华经》《请观世音菩萨消伏毒害陀罗尼经》《观世音菩萨得大势菩萨受记经》等大乘经典持名念咒的修行方法；最后则是否定了所有净土经典（包括《净土五经》、《药师经》、《地藏经》）等持名修行解脱的一切方法。

想想看，为了建立巩固一种“听音法门”的修行方法，而要推翻无数的修行方法，这样，是把观世音菩萨的愿力自私化，把观世音菩萨的大悲心窄化俗化了。如果我们相信那是唯一的解脱的修行方法，就毁谤了佛菩萨广大、超越、无我的本怀了。

尤其我们应该进一步来认识“入流亡所”这四个字，“入流”就是进入法性之流，“亡所”即是心念空寂，进入清净的涅槃之境，打破一切的分别限制。如果说听音法门可以入流亡所，那么念咒持名的法门也同样可以入流亡所，就好像一个人跳进宇宙的音流可以游到彼岸，坐上佛菩萨的法船一样可以到达彼岸一样。

因此，修行佛法的人不必赶“潮流”，听说这音流那音流可以得解脱，就对自己持名念咒的修行感到疑惑，我们若相信释迦牟尼佛、观世音菩萨是不妄语者，必然能够确定持名念咒方法固然简易，其殊胜无上是与“听音法门”无异的，甚至犹有过之。

佛菩萨应化世间有不可思议的“慈力”，因而每诚心念观世音菩萨一次都可以与其慈悲、智慧、愿力相应；众生求度则是深切的“悲仰”，这悲仰随时随地都有观世音菩萨垂听，我们每一念的悲仰，依观世音菩萨的慈悲大愿都必然不会落空。了解到这一点，就不必急着找人“印心”了，诸佛菩萨随时随地都在与我们印心。

我们中国人信仰的观世音菩萨，久远劫来，尽虚空、遍法界，以千百亿化身广度众生，利乐有情，对众生并无分别执。但有人说唯有听音法门得以解脱，这是不明观世音菩萨的慈力与悲仰，是把观世音菩萨放到一个小的格局、浅的层次上，这样小觑了观世音菩萨，想起来就令人无限感慨、无限悲哀！

香光庄严

子若忆母，如母忆时，

母子历生不相违远；

若众生心，忆佛念佛，

现前当来必定见佛。

去佛不远，不假方便，

自得心开，如染香人，身有香气，

此则名曰香光庄严。

我本因地，以念佛心，入无生忍。

今于此界，摄念佛人，归于净土。

——《楞严经·大势至菩萨白佛言》

今日佛教，一般人所熟知的四大菩萨是：观世音菩萨、文殊师利菩萨、普贤菩萨、地藏菩萨，对其他的菩萨不是那么了解。原因在于一、四大菩萨各是悲、智、行、愿四个主要菩萨精神的象征；二、四大菩萨与我们这个世界的众生最有因缘；三、他们都留下了普遍为人读诵的经典。

其实，在佛教经典里有无数德行高远、悲智具足的菩萨，可惜不为人熟知，他们修行的殊胜法门也因此被忽略了。

我们今天要介绍的大势至菩萨就是不应该被忽略的菩萨，大势至菩萨与阿弥陀佛、观世音菩萨被称为“西方三圣”，是净土信仰里与观世音菩萨同等重要的。在《观无量寿经》里说：“以智慧光，普照一切，令离三途，得无上力，是故号此菩萨名大势至。”可见他的威德与智慧。译成白话，“大势至”就是以“大势力解救众生远离恶道而至净土”的意思。

大势至菩萨说：“我本因地，以念佛心，入无生忍。今于此界，摄念佛人，归于净土。”可见他的愿力是在“此界”，与我们这个世界的众生有极深刻的因缘。

《观无量寿经》说他：“举身光明，照十方国，作紫金色，有缘众生，皆悉得见。但见此菩萨一毛孔光，即见十方无量诸佛净妙光明。”“此菩萨行时，十方世界，一切震动，当地动处，有五百亿宝华，一一宝华庄严高显，如极乐世界。”“观世音菩萨及大势至，于一切处身同，众生但观首相，知是观世音，知是大势至，此二菩萨，助阿弥陀佛普化一切。”

在净土的所有经典里，我们知道大势至是值得赞叹的菩萨，他与观世音菩萨乃是阿弥陀佛的左右护法，他“如观世音，等无有异”。不同的是，观世音菩萨是以“耳根圆通”证得菩提，而大势至菩萨是以“念佛圆通”证得菩萨，他也是经典里念佛得证的最重要典范。所以《楞严经》的“大势至菩萨念佛圆通”章自然是净土法门重要的经典。

他教导念佛的人，念佛就像孩子忆念母亲那样深切热诚，如果母子相忆念，则他们生生世世都有深厚的因缘；众生的心如果能像母子相忆一样忆念阿弥陀佛，将来必定见佛无疑。这也好像做香料的人，久了全身都会有香气。假若一个人沐浴在佛光中，久之自己的智慧心 就开启了，自性佛心开启加上佛的护持，这叫作“香光庄严”。

对于修习净土法门的人，不但要常忆念阿弥陀佛与观世音菩萨，也应常念大势至菩萨，并以他念佛圆通的修行作为我们的前导，跟随他的足迹前进！

生于世间，不着世间

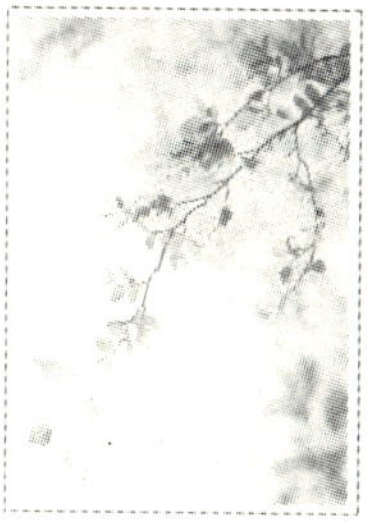

人与非人等，悉由烦恼生；

如是烦恼漏，一切我已舍，已破已磨灭。

如芬陀利华，虽生于水中，而未曾着水。

我虽生世间，不为世间着。

——《杂阿含经·佛告婆罗门》

有一位外道婆罗门来请问佛陀："所谓佛者，云何为佛？"

佛陀就说了这首偈来回答他，意思是说一切的人与非人都是因烦恼而生，并且还沉沦在烦恼里，佛则是已经破除舍弃烦恼了，就好像最美丽的白莲花（芬陀利华），虽是从水中而生，并不执着于水；如来也是一样，虽然出生于世间，却不执着于世间，离开了一切尘垢而不倾动，究竟了生死的大道，这就是佛。

佛陀既然能远离一切尘垢而不倾动，为什么佛还和我们一样，有生、老、病、死呢？

在《金光明最胜王经》里，佛陀告诉我们："一切如来，有三种身。云何为三？一者化身，二者应身，三者法身，如是三身具足，摄受阿耨多罗三藐三菩提。"说明了佛与凡夫的不同，凡夫只知有应身（一说报身），虽说也有佛性（法身），自己却不能了知。

佛与大菩萨因为三身具足，所以得大自在，可以游行十方三世，随时随处化现，这是化身；又由于去除了一切烦恼执着，能同时遍满十方三世，世界全在包容之中，这是法身。

至于如来的应身，则和我们看起来没有什么不同，他在肚子空的时候也要吃饭，下雪了也要穿衣服，走路的时候也会流汗，当然也会生病、老化、死亡。可是如来是一种愿力的示现，是“为诸菩萨得通达故，说于真谛。为令解了生死涅槃，是一味故。为除身见众生怖畏，欢喜故。为无边佛法，而作本故”——如来的应身是为了来向菩萨说明怎么样通达于真理；是为了教化众生涅槃与生死并没有差别；是为了除去执着于身体的众生心里的恐怖害怕而得到欢喜；也为了佛法无边作根本。

因为证见了法身化身的实相，佛菩萨可以不畏生死、不厌生死；因为有应身的示现，使我们知道法身化身可得，也知道修行乃是最美丽非凡的实践。

有一则禅宗公案可以说明法、应、化三身的观念，有一位僧人问睦州禅师：“我们每天要穿衣吃饭，如何能免除这些呢？”

禅师说：“穿衣吃饭。”

僧说：“我不了解你的意思。”

禅师说：“如果你不了解，你就穿衣吃饭吧！”

禅师的意思是，我们一旦有了这个身体，就要在有限中寻求解脱，在穿衣吃饭中寻求自由之道，因为有限，所以涅槃要在生死中求，菩提要在烦恼中得，并不是生死之外另有涅槃，烦恼之外另有菩提，而是迷时为生死烦恼，悟时为涅槃菩提，现实世界与理想世界根本是同一个世界。

我们既投生在这个世界，则不论觉悟的菩萨或无知的众生都不能离开自然的法则，不能生活于时间和空间之外，菩萨只是经过艰巨的奋斗，了然这个自然法则及知道时空的实相，使他有一种大无畏的性格。

佛菩萨以应身的有限来让我们看到法身与化身的无限，是“虽生于水中，而未曾着水”；同时也用世间的修行，告诉我们，光明与黑暗是同一个东西，有限即是无限，是“我虽生世间，不为世间着”。

因此，我觉得，佛菩萨每一次在这世间的诞生，都值得我们感恩。

一切烦恼为如来种

譬如高原陆地不生莲花，

卑湿淤泥乃生此花。

如是见无为法入正位者，

终不复能生于佛法，

烦恼泥中乃有众生起佛法耳！

又如植种于空终不得生，

粪壤之地乃能滋茂。

……

是故当知一切烦恼为如来种，

譬如不下巨海，

不能得无价宝珠；

如是不入烦恼大海，

则不能得一切智宝。

——《维摩诘经·文殊菩萨告维摩诘》

有许多佛经的句子美得叫人叹息,《维摩诘经》的这一段经文正是如此,简洁、清澈,真有如一朵白莲花开出于卑湿淤泥的水面。这一段话也清楚地说出菩萨修行的难能与可贵,他们虽然是要开出纯净的佛道之花,却不是舍离人间与众生的。

在人间或哭、或笑、或悲、或喜的菩萨,他们不只是要来与众生相会,而是要与众生一起走过荆棘的道路,在共同承受的烦恼中,发起如来的种子,追求无价的智慧之宝。菩萨的悲智不是凭空而得,而是血泪斑斑,犹如华严狮子,一步一个脚印,是从烦恼泥中得来的菩提,也是从苦难水里生起的般若。

菩萨最令人心弦颤动的精神,是他们的人间性,是他们的不舍与不忍——不忍见一个众生受苦,因此不舍任一众生——此所以菩萨有一个殊胜而不为人知的密意,就是“惜缘”,他从珍惜一切有缘的众生,一直到钟爱一切无缘的众生,就仿佛莲花在水域,即使深陷泥沼,也坚持开放动人的花。

我们如果说小乘行者是在高原陆地上修行(断除人间的情欲),则大乘菩萨是在粪壤之地滋茂(包容一切的烦恼),因为他深信一切如来的种子,是在烦恼中生长的。这就是“高高山顶立,深深海底行”!他的花果是一种超拔，而他的根茎则是与众生同生。

经典中的菩萨，都是用血肉的搏斗、生死的真实、不屈的愿望来启示我们的信心，既然同生于五浊世间，菩萨可以求得，为什么我们不能开花呢?

于是当维摩诘问文殊菩萨什么是如来的种子，文殊师利说：“有身为种，无明有爱为种，贪恚痴为种，四颠倒为种，五盖为种，六入为种，七识处为种，八邪法为种，九恼处为种，十不善道为种，以要言之，六十二见及一切烦恼皆是佛种。”使我们生大信心，也充满了大感恩，要知道，“烦恼就是佛种”这样伟大的见地，原来是菩萨不断进入烦恼、不断在轮回中坚持，得到的最珍贵的智慧呀!

如来

有佛无佛，

相性常住；

佛得如实相性故，

名为如来。

——《大品般若经·佛告欲界色界天子》

从前佛经的翻译，到今天都还令人低徊不已，像“如来”这两个字的翻译就是神来之笔。

“如来”！什么是如来呢？用白话说就是“好像来过了”。

好像来过了，到底是来了没有？

从肉体来看，释迦牟尼佛曾经诞生在这个世界上，他和我们一样，有五官、有五脏六腑，有一个可看见、可触摸、可感受的形体，最后，他涅槃了，这个肉体从此在世界消失，他好像来过了，却又走了，这是如来！

由法性来说，在释迦牟尼佛未生在世界、示现成佛之前，他的法性就存在这个世界，而当他圆寂之后，他的法性仍遍满十方三世，从未离去，无来也无去，这是如来！

因此，佛陀所说的“如来”，是指我们生命的本来，是父母未生我们之前的那个“我”，或者没有夹杂业识的原来清净的那个“佛性”。这就是为什么佛陀证道时说的第一句话：“奇哉！一切众生皆有如来智慧德相，只因妄想执着，不能证得。”所以，一切众生都有“如来”，一切众生活在这个世界都“好像来过了”，一切众生死亡后都“好像走了”。

来是从哪里来？去又是往哪里去呢？我们都不知道，因为我们有“妄想执着”。佛菩萨与我们一样是“如来”，不同的是，他们知道从哪里来，又往哪里去！学佛习禅的人所追求的是什么？追求的正是“如来”！

如来的追求不是从外而得，而是由去除妄想执着而得，是由我们能看清肉体的限制束缚之后而得到的。但它不是可以举出来说明的东西，这正是《金刚经》所说的：“如来者，无所从来，亦无所去，故名如来。”

佛经里把人的佛性说是“真如”，译成白话是“好像是真的”，它是真实存在的，可是无法拿出来给别人看，唯有自心知，这是“真如”。

若我们不认识“如来”，从体积、质量上看，面对广大宇宙，人是如此渺小；从寿命、经验上看，面对无限时间，人是这么短暂。若我们认识“如来”，就知道人已经遍历无限时空的轮回与转换，人并不渺小，也不短暂。《楞严经》说证得如来的人是“当知虚空生汝心内，犹如片云点太清里”，是“身含十方无尽虚空，于一毫端现宝王刹，坐微尘里转大法轮”，是“如净琉璃，内含宝月，圆满菩提，归无所得”。这让我们稍微可解如来之意，可见如来虽不可言说，却不是不可解的。

我现在来举一个例子，现代人为了能使用时间、控制时间，几乎家家都有日历、月历，人人都使用钟表，因而，时间虽是一个无形相的东西，钟表日历则是时间的标示，让我们能感知时间，但是却没有人能使时间停止一分一秒。时间流转本无断灭，钟表却使它有了段落、束缚，与间隔。

时间与钟表的关系，正像如来与人身的关系一样，钟表是时间的象征，透过钟表我们可以善用时间，但钟表不是时间的本身（我们到任何一个国家都要拨钟表，而时间是不变的）；透过人身我们也可以找到、体验如来，但人身不是如来（我们每换一个人身，形相思想都大有不同，而如来是不变的）。

“如来”还有“不动”的意思，就是我们常说的“如者，不变；来者，随缘”。或者“不变随缘，随缘不变”。因此，“如来”一词，也包含了佛法至精至简的义理，佛有十个名号，“如来”是十个名号的第一个，可见它在象征佛的德行上的重要。我们要特别注意这个“如”字，它的含义非常丰富，经典常出现的“法如”、“真如”、“法尔如是”、“如是如是”、“如是我闻”，都是在说明佛法是真实可靠的，是真切无二的。

《华手经》里说:“诸法如实，因如实故，名为如来。一切法如，即是如来；如来即是，一切法如。”如来乃是一切法的实相，是法的究竟，就像我们如何在看表时警觉到时间一样，我们也应该每天面对自己的身体、语言、意念来警觉到，如何在这里面，找到一个如来，找到一个真实的东西呢?

不与黑暗共合

菩萨入此门者，

若见一切净好佛土，

不以为喜、不贪不高；

若见一切不净佛土，

不以为忧、不碍不没。

——《维摩诘经·佛告阿难》

在日常行为处事里，我最喜欢用《维摩诘经》（见阿辟佛品）的一段来自我勉励、自我超越。

这一段经文的大意是，当佛陀的弟子看到维摩诘居士那广大的心胸、高超的智慧时都大为惊叹，佛陀弟子里号称智慧第一的舍利弗尤其感慨，就问维摩诘说：“你是从哪里死亡而到娑婆世界投生的？”

维摩诘于是向舍利弗开示一切法有如幻象的道理，他说：“菩萨虽没不尽善本，虽生不长诸恶。”（菩萨虽死亡，他的善根不会消失，即使投生也不会使诸恶生长，因此菩萨的死亡与投生对他是无碍的！）

佛陀于是对舍利弗说，维摩诘是妙喜国的菩萨，在妙喜国圆寂后，投生到娑婆世界来。

舍利弗听了，更是惊叹：“这是前所未有的伟大呀！这个人能舍弃清净的佛土，而以到这多怒害的烦恼世界为乐！”

维摩诘说：“你怎么会这样说呢？我请问你，日光出来时会不会与黑暗结合？”

舍利弗："不会呀！日光出来，黑暗就消失了。"

维摩诘："那么，太阳为什么照耀这个世界？"

舍利弗："太阳照耀这个世界，是为了破除这个世界的黑暗。"

于是，维摩诘说了一段明照千古的话："菩萨如是！虽生不净佛土，为化众生故，不与愚暗而共合也！但灭众生烦恼暗耳！"（菩萨也像太阳一样，投生到不清净的地方，是为了化导众生，而不是为了来与众生的愚痴黑暗相结合的！是为了照破众生被烦恼蒙蔽的黑暗呀！）

读到了这样有力的经文，真是令人生起大的愿力，我们虽不能像菩萨那样有威神力，但菩萨至少可以成为我们的理想与志愿，时时提醒我们："我投生到这个世界，不是要与世界的黑暗相结合的，而是要来照破这个世界的黑暗。"只要能常存此念，就不会与黑暗一起黑暗，也不会随败坏而败坏了。

菩萨的悲智照耀有如日光，日光照在光亮的地方或照在黑暗的地方都是一样明亮的，因此，菩萨不会贪求清净的佛土，也不会因看见极乐世界而傲慢；菩萨当然也不会因为在黑暗世界就滞碍或沉沦了。他超越了忧喜，破除了我见，所以遥远的极乐世界近在眼前，甚至他所到之处就成为极乐世界。我们学习念佛的人，嘴里念着“阿弥陀佛”、“药师如来佛”、“释迦牟尼佛”，心里祈求着能投生在佛的清净国土，首先就要知道，当我们念一次佛就有如一次投生，好像拉开心的窗帘，阳光立刻射入一样。那射入我们心中的明净之光，与照耀净土的光明是完全相同的呀！

我们凡夫不敢自比日光，那么让我们先做一根蜡烛吧！烛光虽弱，也足以照亮一间暗室了！

博爱的十一种利益

履仁行慈，博爱济众，
有十一誉，福常随身。
卧安觉安，不见噩梦，
天护人爱，不毒不兵。
水火不丧，在所得利，
死升梵天，是为十一。
——《法句经·佛说》

大乘佛教最重要的本质是“慈悲”，所以我们可以说一切大乘经典都是佛菩萨悲心的流露。

但是，佛菩萨所表扬的慈悲是利他、无我、纯粹的，不应该有丝毫为自己的杂质，若在慈悲的时候还想到有我的存在，这不是真慈悲。菩萨是“为诸众生，令得安隐，不惜身命，拔诸紧缚，令得解脱”。是“永离三毒之恼，为诸世间，作大灯明；于地狱、畜生、饿鬼、阿修罗、老少众生，拔令解脱”。

为了使众生都能得到解救，所有的菩萨都是千劫万难，百死千生来到这个苦难的世界，不断地为世界点灯，让我们在黑暗中还能见到人间最高贵的光明。

真实的慈悲，是无我的，也是不求回报的。

可是，慈悲一定是两相得利，即使菩萨在为众生利行时完全无我，在冥冥中他也得到了慈悲的利益。《法句经》里这首偈，就是佛陀向菩萨们说了博爱的十一种利益，来鼓励人多行慈悲。

这十一种利益，译成白话是：

一、福报常随身，走到哪里福报就到哪里。

二、睡觉与清醒的时候都觉得安稳。

三、不会见到邪恶的梦。

四、诸天护卫。

五、众人敬爱。

六、不会受毒药所害。

七、不会为刀兵所丧。

八、无火难。

九、无水灾。

十、所住的地方都得利。

十一、死亡之后在梵天投胎。

实践大乘菩萨行的人，应该认识到大乘菩萨的修行虽然过程里血泪斑斑、历经艰难，结局的圆满也非常困难。他是在风雨飘摇的时代、冷漠无情的人群、业风仇雨的环境里还坚持站在第一线的人间英雄，他不只是像太阳一样使人间光明、温暖，更希望经由慈悲的实践，使人人都成为一轮可以照射的太阳。

修行的人不能期望理想的环境，因为世界上没有理想的环境供我们修行，我们要学习菩萨，把所在的地方都化为大乘修行的道场，“福常随身”、“在所得利”，则何处不是最好的道场呢？

对于阿罗汉，山边树下无人所到之处，是最理想的修行场所；对于菩萨，十里红尘翻滚的人间，才是最好实践慈悲的道场！

菩萨二相

菩萨有二相，何谓为二？

一者好于杂句文饰之事。

二者不畏深义如实能入。

若好杂句文饰事者，

当知是为新学菩萨。

若于如是无染无着甚深经典，

无有恐畏能入其中，

闻已心净、受持、读诵、如说修行，

当知是为久修道行。

——《维摩诘经·佛告弥勒菩萨》

历来，佛教徒对于经典抱持着截然不同的两种态度，一种认为信仰佛教可以不读经典，因为语言、文字、名相是无用的。一种认为既然要信仰佛教，一定要了解佛的经义，这样信仰才有一个方向，并且可以真正坚固。

认为信仰佛教不必读经典，是受到了禅宗思想的影响，连佛陀都说“吾有正法眼藏，涅槃妙心，实相无相，微妙法门，不立文字，教外别传”了，还需要读什么经典呢？另外，还有一些是受到净土宗思想的影响，净土宗的祖师一再告诉我们，修行净土的人只要把“南无阿弥陀佛”六字宏名念到心坎里，一心不乱，死后就可以往生净土，那么，我只要念好佛号，就好像买了往生的保险，读那么多经典干什么？

这两个观念在修行实践上并无错误，不过我们深一层看，就会发现其不足。首先，我们在历代禅师的语录与修证指要里，几乎每一位伟大的禅师都引用过经典里的语言（连不识文字的六祖都引用经典），可见禅师都是深研过经典的，我们的根器与慧解都远不如禅师，若说完全不读经典而想开悟，简直是缘木求鱼、煮沙成饭一样。其次，修行净土的人只知往生，若不读净土的经典，根本就不知道净土风光，不识阿弥陀佛，那么要到一个不知的地方去投靠完全不认识的佛，不是太冒险了吗？再则，做一个佛教徒，一开始要皈依佛、皈依法、皈依僧，所谓“法”，正是佛所留下的经典与教化，若不读经典，就不能有完整的皈依了。

读经典的好处在于使我们有正确的知见，开启微妙的智慧，以及了解佛与菩萨走过的足迹，作为自己修行的榜样和指引。不读经典而修行，就仿佛开车不看地图、路标、红绿灯一样，轻者浪费时间走冤枉路，重者遍体鳞伤，甚至车毁人亡。

尤其是修菩萨行的人，如果自己对经义不甚了了，又如何来教化引导众生呢？所以，佛陀也常告诫我们要读经典，他常赞叹读经典，并把经典传述他人都是伟大的功德。同时，他说，如果像《楞严经》、《法华经》、《华严经》这些大乘经典无人信解，在人间消失的话，佛法也就衰微了，可见经典的研读是多么重要。

大乘菩萨若不能以景仰心来读经典，就不会知道从前的菩萨有多么高远的风格与广大的心胸，也无法知悉菩萨是如何穿越精神的高山大河、洪水烈火，开启真正的慈悲与智慧。当然，就不会有心惊毛竖、血泪交织的感动，那么怎么敢说自己是在学佛、学菩萨呢？

梵音海潮

真观清净观，广大智慧观；
悲观及慈观，常愿常瞻仰。
无垢清净光，慧日破诸暗；
能伏灾风火，普明照世间。
悲体戒雷震，慈意妙大云；
澍甘露法雨，灭除烦恼焰。
争讼经官处，怖畏军阵中；
念彼观音力，众怨悉退散。
妙音观世音，梵音海潮音；
胜彼世间音，是故须常念。
——《妙法莲华经·佛告无尽意菩萨》

有一位西藏人告诉我，在西藏，小孩子生下来，在还没有学会叫爸爸妈妈之前，就先学会了“嗡哑吽”的根本咒，在差不多学会叫爸爸妈妈的同时，就学会了“嗡嘛呢叭咪吽”六字大明咒，因为西藏人相信，这两个咒可以直通宇宙，上能与诸佛菩萨感通，下能使六道众生得救。

“嗡嘛呢叭咪吽”正是观世音菩萨的心咒，在诸佛菩萨的心咒里，观音心咒是普及最广，被最多人持诵的。在中土有很多人诵观音心咒，有更多的人则持诵“南无观世音菩萨”名号，那是因为观世音菩萨功德巍巍、慈悲荡荡，广大灵感、救苦救难，观世音菩萨的应世事迹之多，即使倾江海之水也不能尽述。

我们可以这样说，观音菩萨与娑婆众生最有缘，凡是信仰他或求告他的，一定都得过殊胜的感应。所以，千百年来不但没有因时空而减弱众生对他的信仰，反而更见深广，使得许多外道及民间信仰也把观世音菩萨当成主要的信仰。

观世音菩萨的伟大威德力是由何而来？怎么样用最简要的话来形容他呢？《妙法莲华经普门品》的这段偈算是最好的表达了。

所谓“观音”，“观”字就是“真观清净观，广大智慧观，悲观及慈观”；“音”字就是“妙音观世音，梵音海潮音，胜彼世间音”。

观世音菩萨观照了真实的空相（真观），因此能没有执着、没有染着、没有分别、平等的观照众生（清净观），有宽广无比的智慧力来普度众生（广大智慧观），有拔除众生痛苦的悲悯观照（悲观），还能给予众生出离痛苦的慈爱（慈观），这是从菩萨的角度来看。如果由众生的角度看，观世音就是微妙清净的音，犹如海洋寂静时的潮音，又如来自天上的声音，这宇宙的法性之声，是胜过世间一切声音的。

由于观世音菩萨的真空、清净、广大、智慧、慈悲，所以众生都希望能常常瞻仰，依赖他的力量。为了使我们也能听闻、进入宇宙的大法流，与观音菩萨交会，所以要常常念他的名字。

我们在念观世音菩萨时，只有知道了“观”与“音”的意义，才能知道观音的慈悲。当我们能把观照世界发展成等同观音菩萨，我们的声音能进入宇宙，并听见众生求告的声音时，才算是贴切了菩萨的心灵。

学佛的人应该时常瞻仰忆念观世音菩萨一如父母，学习他的智能与慈悲，跟随他的足迹前进，才不枉菩萨的愿力与苦心！

大悲与有情

如是一切波罗蜜多，

大悲为因，

微妙可爱，诸果异熟，饶益一切。

有情为果，

圆满无上，广大菩提，为大义利。

——《解深密经·佛告观自在菩萨》

“波罗蜜多”是佛教的常用语，经典上常有“波罗蜜多”、“般若波罗蜜多”、“摩诃波罗蜜多”或“摩诃般若波罗蜜多”之句，因此要了解大乘佛典，此语不能不解。

摩诃：是大、平等之意，世间最大最平等莫过于虚空，因此，摩诃又有空意。

般若：是智慧之意，又世间智慧不能等同般若，所以般若是“佛慧”、“妙智慧”。

波罗：译为“到彼岸”，迷者此岸，悟者彼岸。

蜜多：与“密多”同意，译为“无极”、“究竟”。

因而，当我们说“波罗蜜多”或“般若波罗蜜多”或“摩诃般若波罗蜜多”，其意思都是一样，若勉强译成白话就是“因证得空性智慧而到达究竟的彼岸”，也就是从证得自我的佛性而进入佛的法性大海。

观自在菩萨（观世音菩萨另一称号），有一次就问佛陀说："如是一切波罗蜜多，何因何果，有何义利？"佛陀即以前引的偈语来回答。

到彼岸的因居然是"大悲"，其果实竟然是"有情"，真是非常动人的说法。

我们都知道，佛教里讲"缘起性空"，空义的究竟则是般若，这样的推理关系时常使人误以为般若的空性是什么都没有。所以，当我们说到般若或空性时，通常有侧重智慧的趋势，到严重的时候，甚至使人忘记了慈悲。

特别是当修行者讲到"悟"的时候，以为开悟者的前后际断，是一种真空的状态，其中再也容不下慈悲这种婆婆妈妈的东西。其实不然，一般解释般若常用四个字"真空妙有"，"真空"是指大死一番，是绝对否定执着而进入平等无相的境界，"妙有"则是绝后苏息，是绝对肯定世界而进入差别实相的境界。这为我们指出，光是"真空"仍然未尽、不完整，一定有"妙有"才能使真空有一个圆融的实体。

讲到“妙有”就不能不生起慈悲，此所以“开悟”是智慧与慈悲一起萌发，再进一步说，智慧与慈悲乃是同一理体，智慧是万物的一性，慈悲则是万物的多性，不应该有分别。唐朝的大颠禅师在解释“蜜多”这两个字时说：“太虚为体，万法为用。太虚之中，森罗万象，情与无情，总在太虚之内；众生佛性，亦能包合于太虚。太虚之内，有八万四千恒河沙异类种性，俱不可说，尽在众生一性之内。一性喻于蜜，蜜能均和，和合为一；一性为蜜，种性为多，故曰蜜多。”说明了智慧的“一”不是有限的一，而是绝对的一，是站在众生与慈悲的一。

佛陀在这首偈里做了极明白的开示，因为智慧以大悲为本，所以智慧才会如此微妙可爱，当菩提果成时才能饶益一切的众生。反过来说，菩萨所以追求智慧，是为了代有情众生求一圆满的果实，唯有悲智双融才是圆满无上的广大菩提，才能作为众生的“大义利”。佛陀在《楞伽经》里就说过：“大智即大悲，悲出于智，故智即是悲。”在《华严经》则说：“菩提心灯，以大悲为油，大愿为炷，大智为光。”若没有大悲的油和大愿的灯芯，智慧之光是不能彰显的。

在这个世界上，众生就是有心识的“有情”，菩萨追求究竟彼岸的波罗蜜多，是由于要让一切有情解脱的悲愿，就好比母亲看见自己孩子的痛苦，悲痛地寻求使其脱苦的方法一样，菩萨的心是母亲的心，菩萨求果是母亲的追求，其动机与目标都是一个“悲”字。

菩萨的悲与智是互相融通、互相渗透、互相关联、互相无碍，这才创造了美丽庄严、无比动人的华严世界，这也使菩萨的心海是感性的、积极的、充满了无限的生机与活力。

菩萨四摄

我住此大悲行门，

常在一切诸如来所，

普现一切众生之前，

或以布施摄取众生，

或以爱语，

或以利行，

或以同事摄取众生。

《华严经·观自在菩萨告善财童子》

观世音菩萨在中国的经典，最被熟知与诵持的经典是《心经》与《法华经普门品》,《心经》是说明观世音菩萨的修行方法，他从观照宇宙人生的因缘空性，而证入究竟理体，发出大慈大悲的救世精神；《普门品》则重在观世音菩萨的化迹示现与伟大力量，对众生的苦难有不可思议的救济。

其实，信仰观世音菩萨的人还有几部必读的经典，一是《楞严经》里的“观世音菩萨圆通”章，记载了观世音菩萨如何修行耳根圆通法门，最后得大自在，十方圆明，遍十方界的历程。二是《解深密经》的“地波罗蜜多品”章，记载了观世音菩萨与佛陀的般若对答，以及他如何进入波罗蜜多的密意。三是《千手千眼无碍大悲心陀罗尼经》，记载了观世音菩萨如何发愿，如何得千手千眼，以及“大悲咒”的威神力。四是《华严经》“入法界品第廿七参观自在菩萨”章，记载观世音菩萨教导善财童子如何进入大悲行门。

观世音菩萨当然还有许多重要的经典，但只要我们读了以上六部经典，对这位与娑婆世界因缘最深广的菩萨，就能有一个普遍而深刻的认识了。

观世音菩萨最伟大的是慈悲，他的修行、般若、愿力都是来自慈悲彻底的实践，依《华严经》入法界品说，他“或现色身摄取众生，或现种种不思议色净光明网摄取众生，或以音声、或以威仪、或为说法、或现神变，令其心悟而得成熟。或为化现同类之形，与其共居而成熟之”。这是说，观世音菩萨乃不只在虚空之中，而是用种种方法来化导众生，甚至化身为其同类，与众生共居。

《普门品》里，说他化为三十三种身份来说法教化众生，《楞严经》则说他化成三十二身度众生，这只是一种象征，象征他在摄化众生时不是高高在上的，而是随顺众生的种种差别来迎合众生的需要，他是整个融入于众生之中，不起差别的。所以我国民间称他为“观音大士”、“观音娘娘”、“观音老母”、“观音妈”等亲切的叫唤，可见他与众生的关系多么密切。

当我们了解到观世音菩萨是如何用种种相融入众生的生命与生活，我们才能更真切地了解他的四摄：布施、爱语、利行、同事。

他用布施实际使众生得益，他用和悦的语言令众生欢喜，他用帮助众生行事赢得爱敬，他与众生同事同居而使众生不远离。可知他摄化众生的方法是多么广大、圆满、方便、平等。

我们近世学佛法的人，时常犯的一种毛病，是时常口里说要解救众生、度化众生，仿佛自己不在众生之内，是高高在上的。其实，当我们说解救众生、度化众生之时，自己就是众生，应该学习菩萨的“利行”与“同事”。

另外有一种毛病，则是一学习佛法就觉得自己与众人不同，这个看不惯、那个也不满意，逐渐远离人群，成为别人眼中的怪物，愤世嫉俗、种种挑剔，这就应该学习菩萨的“布施”与“爱语”。

要知道，学佛的人要先学习为人，如果愈学愈狭小，愈学愈诡异，成为人人望而生畏、不敢亲近的人，则学佛又有何益？我们要学习观世音菩萨，要有那样广大、圆满、方便、平等的风格才好。

一切众生喜见

此经能救一切众生者，

此经能令一切众生，离诸苦恼，

此经能大饶益一切众生，充满其愿。

如清凉池，能满一切诸渴乏者，

如寒者得火，如裸者得衣，如商人得主，

如子得母，如渡得船，如病得医，

如暗得灯，如贫得宝，如民得王，

如贾客得海，如炬除暗，此《法华经》亦复如是。

——《法华经·佛告宿王华菩萨》

《妙法莲华经》里有两位菩萨十分令人感动，一是“一切众生喜见菩萨”，一是“常不轻菩萨”。光是读到这两位菩萨的名字，就令人心里生起无限的欢喜。

在过去无量恒河沙劫以前，有一尊佛名叫“日月净明德如来”，他的佛国里有一位修行者名叫“一切众生喜见菩萨”。他经过一万两千年的修行，得到了“一切色身三昧”，因此众生都欢喜见到他。

有一天，日月净明德如来在说《法华经》时，他为了供养如来及《法华经》，奋起神通力愿，自己燃身供养，他的身体就那样燃烧着，一直到一千两百年后才烧完。

“一切众生喜见菩萨”命终以后，仍然投生在“日月净明德如来”的佛国中，一直到如来涅槃之后，他又在佛的舍利塔前自燃两臂，由于他的神通誓愿，他的百福庄严臂一共燃烧了七万二千年，使得无数无量的众生发起阿耨多罗三藐三菩提心，并使他们都证得“一切色身三昧”。

但是，当众生们证得一切色身三昧时，都为一切众生喜见菩萨感到悲哀忧恼，为这所有众生都欢喜看见的菩萨身体不能具足感到遗憾。这时，一切众生喜见菩萨知道大家的心意，他站在大众里高声地说:“我舍去两臂，必然会得到佛的金色之身，如果这是真实的，就让我的两臂恢复原来的样子吧！”他说完后，三千大千世界有六种震动，天上下着宝华，他的两臂又完好如故。

“常不轻菩萨”生在无量无边不可思议阿僧祇劫之前，“威音王如来”的佛土，那时“威音王如来”已经灭度，出家的比丘都十分傲慢。“常不轻菩萨”则不同，他每次遇到人，不管遇到出家的比丘比丘尼，或在家的男女居士，都礼拜赞叹地说:“我深深地敬爱你们，一点也不敢轻慢，因为您们都在行菩萨道，将来都会成佛。”不只是遇到时才礼拜，甚至远远看见人了，他也跑去礼拜。

可惜，并不是人人都喜欢他的礼拜，有的人生起嗔恚心，并且骂他：“哪里来的没有智慧的比丘？自说自话为我们授记，我们不需要这样虚妄的授记呀！”如此经过很多年，他常常挨骂，但他一点点也不生起嗔恚的心。

到后来，他一开口对别人说："您将来会成佛。"众人就立即用杖木瓦石打掷他，他只好逃到远一点的地方，依然高声地唱着："我不敢轻视你们，你们将来都会成佛。"由于他经常这样礼拜赞叹，大家就叫他"常不轻"。

"常不轻菩萨"临终时，在虚空中听到"威音王佛"为他说《法华经》二十千万亿偈，他都能受持，立即得到六根清净，寿命增加了二百万亿那由他岁。然后他到处为人说《法华经》，那些从前骂他、轻贱他的人都来跟随他，后来都发起了阿耨多罗三藐三菩提。

佛陀为什么以"常不轻"与"一切众生喜见"菩萨的修行来赞叹《法华经》的功德呢？佛陀不只是在强调《法华经》的伟大，也同时由"常不轻"与"一切众生喜见"来表达《法华经》，乃至一乘佛法最重要的本质。

法华本质在"一切众生喜见菩萨"表现的是，菩萨的修行不只要勇猛，也要圆融。修行要使一个人有更广大圆满的风格，使一切众生都欢喜见他，由于他有无量的慈悲，众生可以因他得到利益，因此喜见；由于他有无比的智慧，众生可以因他得到开启，所以喜见。若有一众生不喜见我，就表示我还不够圆满，是应该反省的。

法华本质在“常不轻菩萨”表现的是,一切众生都在修菩萨行,将来都会成佛，所以我们不应该轻视任何一位众生，要时常对众生有礼拜感恩的心。若我们于任何一位众生起了轻慢或嗔恨的心，那表示我们还不能深入一乘佛法的实意。

《法华经》的功德是诉说不尽的，不过在看到“一切众生喜见”与“常不轻”时，就够我们做美丽动人的联想了。

夫妇的因缘

我之夫妇，譬如飞鸟，
暮栖高树，同共止宿。
须臾之间，及明早起，
各自飞去，行求饮食。
有缘则合，无缘则离，
我之夫妇，亦复如是。
去往进止，非我之力，
随其本行，不能得留。
——《五无反复经·佛说》

我国民间有两句流行的话:“夫妻本是同林鸟，大难来时各自飞。”这两句话原典出自明朝冯梦龙的《警世通言》:“夫妻本是同林鸟，巴到天明各自飞。”而其更早的典故则出自佛经的偈。

读到“夫妻本是同林鸟，巴到天明各自飞”，给我们一种无奈的悲哀，它原流传在民间的意思是，即使亲如夫妻也无法共患难，会被现实环境驱离；更进一步则比喻夫妻相处的短暂，好像林内共宿的飞鸟，天亮就各自飞走了。

佛教原典的意思不仅如此，而是更深刻地说明因缘的变灭与无常的迅速，人在因缘的离散中生活乃是一个不可否认的事实，佛陀教导我们应该认清这个事实，才能对人生有新的对待。

也许，日暮共止，天明飞去是过于迅速了，不过若从无限轮回的时空来看，百年只是一瞬，有多少夫妻能够真的百年好合呢？夫妻如此，父母、兄弟，乃至情侣也无不如此，只是在因缘流转中偶然地遇合，虽有终生斯守、生死与共的愿望，在最后终不免于离散。

看清人间聚散的因缘，并不表示要否定相互的情义，也不表示夫妇是无法共患难的，而是要我们能超越情爱的束缚，既要珍惜夫妻的情义，也要共同超升来创造一个更好的因缘，人假若无法看清生命的真相，即使是巫山云雨，到最后也只有枉然断肠了。

我很喜欢明朝王世贞的两句诗："百年那得更百年？今日还须爱今日。"时空相会的因缘固然一去不会再回，且让我们在今日的拥有中好好地珍惜今日呀！

比翼之鸟终有折翼之日，连理之枝必有断落之时，在万般复杂的因缘里哪里会有永恒不朽的情缘呢？

所以，认清因缘法的实相，对人生的疗伤止痛、心灵的自我提升是很有帮助的。许多人都知道佛教的因缘法是让我们"看清"、"看透"，甚至"看破"人生，于是发展出"人生海海，不必太认真"的观念。但是佛教常常被人忽略了"当下"、"承担"、"无住"的精神，若在今生今世不能有当下的承担，不能坦然接受因缘，则永生永世也就无法坦然承当了。

虽然，"去往进止，非我之力"，但在流过我手边的每一寸时光中，我要赋予生命最大的意义。在相遇合的每一个因缘，我要"一片冰心在玉壶"，清净无染、坦荡磊落。纵然相聚短暂一如林鸟，若能洗尽世间之念，何处没有楼台、何处没有明月呢？

炼金师

心不知心，心不见心。

心有想念，则成生死；

心无想念，即曰涅槃。

诸法不真，思想缘起；

所思既灭，能想亦空。

——《大集经·佛告贤护菩萨》

我很喜欢北印度的一则古老寓言：

有一天，一位老人来到喜马拉雅山群山环绕的村落，他身材瘦小，肩上披着一条红毡子，手里提着一把铁壶。这村落里住着一些依门而坐的穷人，披红衣的印度教士，以及少数的富人，他们对这位陌生的老人毫不在意。

老人走向一块空地，用牛粪生起火堆，放些水在铁壶里煮了起来，当水开始沸腾的时候，他铲起一铲泥土倒进壶里，然后用棍子在里面搅动。

好奇的孩子围了过来，有一个孩子问道："你在做什么呢？"

"我在做金子。"老人回答说。

许多村民听见了，都围聚过来，在旁边窃窃偷笑。

老人对别人的嘲笑毫不在意，等他把铁壶搅干了，就把壶里的泥土倒出来，用棍子拨弄着泥土，接着就拨出一粒黄豆那么大的金子。

村民你推我挤，议论纷纷，其中一个问道：“那是真的金子吗？”几只手一起伸过来检视那发亮的金块，最后一致同意：“它是真的。”

这矮小的老人若无其事地盘腿坐下，凝视着虚空。

到深夜的时候，有一个人影跑到老人盘坐的地方，那是村里最富有的达科尔，“请告诉我如何做金子，我愿意给你五百卢比。”他说。

老人不回答，达科尔抬高了价钱，老人还是摇头，最后，达科尔说：“我给你一千卢比，那已经是我所有的财产了，好吗？”

老人的答案仍然是“不”。

第二天，太阳从雪山升起，老人先用铁壶做饭，然后悠然自在地吃早餐。接着，他重新起了火，说他要开始做金子了，这消息蔓延得比强风里的野火还快，全村的人都跑来挤在他身边，他们不仅想看做金子，还希望能学会做金子。

老人就像昨天傍晚一样做金子，最后，一小块金子在他搅动的泥土中出现，比昨天那一粒金子大得多。

人们散去以后，心情仍然同样激动，村中的长老聚集起来开会，共同认为应该向老人学习炼金的秘法，以便对村子有所利益。达科尔正是提出这个建议的人。

才一小时，村民就聚集了所有积蓄，共有五千卢比，希望向老人购买炼金秘术，他们集合到老人的空地时，老人正凝望着树梢的棕色猴群。当村民为了他的秘法而拿出五千卢比时，老人闭上眼睛，陷入深深的沉思。

最后，他睁开眼睛，把棍子放在富人达科尔手中，“你只要不停地搅动，金子就会做出来。”老人说，“只有一件事，你绝对不可以做，你绝对不能想到那些棕色的猴子，当你搅动泥土时，若不幸想起那群猴子，金子就做不成了。”

老人接受了五千卢比，收拾好东西，往西边去了。

达科尔迫不及待地生起一堆火，把水烧开，放进一把泥土，然后搅动着、搅动着……然而，棕色猴子的影子却闪进他的脑海，无论他多么努力，除了猴子，他再也想不起别的东西。

最后，他绝望地放弃了，并把炼金的工作交给另一位村民，结果完全一样。一个接一个村民都来炼金，可是很快就交出棍子，因为棕色猴子总以比炼金更快的速度占据他们的思潮。

一直到今天，在喜马拉雅山中的某些村落，仍有村民在搅动棍子，并努力尝试不要去想到棕色猴子。从来没有人怀疑过这个炼金术是假的，因为尚未有人在搅棍子时不想到猴子。思潮的猴子总是比自性的金子跑得还快得多。

如果好好想想这则寓言，要了解“心有想念，则成生死；心无想念，即是涅槃。”就不是那么难了！

应无所住而生其心

诸菩萨摩诃萨

应如是生清净心，

不应住色生心，

不应住声香味触法生心，

应无所住而生其心。

——《金刚经·佛告须菩提》

《金刚经》里最为人熟知的应该就是“应无所住而生其心”这句经文了，而这句经也确实能表现出整部《金刚经》的基本精神。

“应无所住而生其心”之所以为人熟知，甚至使《金刚经》成为禅宗乃至中国佛教普遍崇奉的经典，与禅宗六祖慧能有极深刻的关系。慧能是中国南方一个不识字的百姓，他幼年丧父，与母亲相依为命，砍柴来奉养母亲。一天偶然在街市里听到有人在诵读《金刚经》，他凝神静听，发现其中的每一句经文都深深打动自己的心灵，他便问那人读的是什么经，是在哪里学到的。那人告诉他那是《金刚经》，是从五祖弘忍那里学到的。

他于是拜别母亲，走了一个多月去拜见弘忍。接下来他与神秀作偈、传法传衣、往南弘法的经历是人人都知道的，其中有一段非常重要，弘忍为慧能讲《金刚经》，讲到“应无所住而生其心”，慧能言下大悟，知道一切万法，不离自性，于是对弘忍说:“何期自性，本自清净；何期自性，本不生灭；何期自性，本自具足；何期自性，本无动摇；何期自性，能生万法。”

慧能说的这段话，等于是“应无所住而生其心”的延伸，译成白话是：“何必去思考，自性本来清净；何必去攀缘，自性本来没有生灭；何必去外求，自性本来一切具足：何必去犹疑，自性本来没有动摇；何必去执着，自性能生出万法。”可以帮助我们来了解“应无所住而生其心”，意即是用自由的心来对待生命的一切变化，高兴时不被愉悦沉迷，悲哀时也不被忧伤束缚。

我们应该特别来了解,“住”字与“生”字,住即是心的停泊住留,被色声香味触法所吸引而有了执着，这种执着是迷惑与遮蔽的根本原因。而无住的意思却不是无心，仍然有般若的心从那不停的地方生起，这是在定中有慧、在波动中也有慧的意思。

“应无所住而生其心”就是经典中时常说的“性空”、“万法无住”、“真空妙有”、“般若波罗蜜多”、“涅槃净境”，因而了解此句、悟得此句，读大乘经典就有如观手中的掌纹了。

“无住生心”的背面就是“生心有住”，有住虽然形成了一个有秩序的世界，但同时也是混乱的开端，若我们迷惑于有住的相对世界，就无法直观到绝对的真实。

要了解“应无所住而生其心”，还可以用《十地经》中七地以上菩萨证得“无生法忍”来对照，使我们更为理解。金刚藏菩萨在这部经上说："以大慈悲于诸有情，不舍加行，随于无量智道而行，入一切法本来无生、无起、无相、无成、无坏、无断尽、无流转、无止息、无自性，初、中、后位，皆悉平等，以真如中无分别故，入一切智，即此菩萨远离一切心意及识分别妄想，无所执着，与虚空等，名为已得无生法忍。"

当菩萨证得无生法忍时，"故得甚深住，难可了知，同无差别，离一切相，止息一切想之执着，无量无边"。"一切动乱、忆想、分别，悉皆止息"。"离诸功用，任运至得无功用性，远离一切身、语、意业，安住异熟"。这些境界与"应无所住而生其心"是根本相通的，使我们知道菩萨的修行犹如喷涌的活水，或如深湛清净的大河，它流过田园、断崖、村庄都不改变其面貌，它包容一切好的，也承担一切污浊的，但它不因好而欢喜，不因污浊而忧伤，因为它有永远不停止涌动的清净的活力——这是"应无所住而生其心"吧！

认识到这里，我们才能知道修行者所说的"忘我"、"无心"，乃不是无情无意，而是任运而无作，是忘去自我的执着，仿佛湛蓝的天空一样，有云的飘动，有鸟的飞翔，有日月星辰，有雷电乌云，但天空都能容受，不会改变空性的真实，这是"应无所住而生其心"呀！

天花动地来

若于佛法出家，

有所分别为不如法，

无所分别是则如法。

观诸菩萨华不着者

已断一切分别想故。

譬如人畏时，非人得其便；

如是弟子畏生死故，色声香味触得其便也。

已离畏者，一切五欲无能为也。

结习未尽，华着身耳；

结习尽者，华不着也。

——《维摩诘经·天女告舍利弗》

在《维摩诘经》里，有一段极为动人的记载，当维摩诘与文殊师利菩萨说法时，一位天女为了赞叹即现身为菩萨与佛的出家弟子们散花。

落在菩萨身上的天花，立即就滚到地上，落在大弟子身上的花却紧紧地粘在身上了。弟子们很着急，用尽一切神通力要除去身上的花，却办不到。

这时候，天女问舍利弗说："为什么要除去这些花？"

舍利弗说："这些花不如法，所以要除去它。"——因为出家人是不应该戴花的。

天女说："不要说此花不如法，因为花的本身是没有分别的，是你自己生起分别的想法。若从佛法来看，出家人有所分别是不如法，无所分别才是如法。我们看花不着在菩萨身上，是由于菩萨已断除一切分别想法的缘故。譬如当一个人害怕的时候，非人就得便来侵扰；如是害怕生死之故，色、声、香、味、触就得便来侵扰。已经远离一切怖畏的菩萨，一切五欲对他都能无碍。从前累积的习气尚未清净，花才会粘在身上；习气清净了，花就粘不上了。"

这段经文美丽得令人感叹，它是从表面的观点提升出来，进入一个不起分别的实相观点。我们看到寺院中供奉的菩萨宝相，通常是宝冠、璎珞、珠玉、花环，有无限的美丽庄严，从众生的眼睛看来，这是为了使我们起欢喜赞叹心，希望自己也能像那样美丽庄严。若从菩萨的眼睛来看，由于他能无碍无着，因此如何穿戴都是好的，“一切诸法是解脱相”，“从无住本，立一切法”，菩萨的庄严岂是在表面的打扮！

这也就是说，一旦体悟了性空（无分别）之义，则能无拘无束、自由自在，不管是花卉还是金玉都无处可着。有分别的人在生活中不断与相对的万象世界转动，因而受尽折磨；无分别的人抖落了心灵尘垢，进入空的宁静，则如阳光一样，照在善与不善者身上，自己的心定意澄不因照耀不同的地方而改变。

此段经偈还有一个值得思考的观念，就是有神通的弟子奋一切神力，不能使天花落地，而在空性中的菩萨不费一毫之力，花无处可着。可见，神通不如空性，神通也不如智慧，学习菩萨的人因此要以追求智慧为要，以证取空性为义，不应该本末倒置。

禅宗有一个类似的公案，可以让我们更深入地理解般若空性：佛的弟子须菩提在山岩中打坐，天神雨花赞叹，须菩提问："空中雨花赞叹，复是何人？"

天神说："我是梵天！"

"云何赞叹？"

"敬重尊者善说般若。"

"我于般若未曾说一字，云何赞叹？"

"如是，尊者无说，我乃无闻，无说无闻，是真说般若。"天神回答了以后，更撒了一把花赞叹。

对这个故事，雪窦禅师曾写了一首偈来颂赞：

雨过云凝晓半开，
数峰如画碧崔嵬；
空生不解岩中坐，
惹得天花动地来。

真正的般若智慧是透视了有无不二，是契入了无处可着，此所以“空空如也”并不是“一贫如洗”，这种透视与契入，使菩萨在天花动地时是那么庄严，在黄叶自然凋落时也是一样庄严；在金光耀眼的极乐世界，菩萨如是心定意澄，而在烈火焚烧的地狱，菩萨亦如是心定意澄！

无上菩提

有四种菩提无上胜果，

何等为四?

一者最净。

二者真我。

三者妙乐。

四者常住。

——《无上依经·佛说》

在这个世界，我们从小就被教导着分辨好人坏人，进一步则被教导如何在行为上分辨善恶，可是为什么长大以后我们不自觉地又走向好人和坏人呢？

若由逻辑上推论，没有一个所谓坏人希望自己的孩子长大以后也是坏人（好人则更不愿意了），因此这个世界应该日趋于好才对，可惜世界的发展不是如此。若从心理趋向来说，应该所有的坏人都会羡慕好人，并且在面对好人时有惭愧心或羞耻心，可惜世界也不是这样。

传统上从言行来判断一个人的善恶，因此很难有一个标准，因为作恶的人往往不知道自己的恶行，更有甚者，有很多恶人自认为是在造福人类呢！

佛法里判别善恶的方法就简单得多，在最初步，它以五戒作为善恶的分界线，就是以不杀生、不偷盗、不邪淫、不妄语、不饮酒为善行，若是犯了这五戒则是恶行，这初步的戒恶向善是从身、口、意三者来规范人的行为。再进一步则超越了行为，由“菩提”来判别人的善恶。

“菩提”，简单地讲就是“觉悟”，是从污浊走向清净的道路，由于有了菩提，使佛法有更广大包容的心，佛法里赞叹那些由觉悟而求菩提的人，即使是十恶之人，也可以由勇猛的觉悟得到解救，更深入来看菩萨的心，他对有病的众生更是悲悯关怀的，并不因为其有病而舍弃他。

恶人与善人因而不只从五戒上判定，而是他们都具有一个特质，恶人的特质是不知有罪行的存在，也不以犯罪为耻，更可悲的是他根本不愿知道罪行的种种，包括其原因与结果，这种特质往往使他们走向不归路。善人之所以为善人，不是他们能永远行善，而是他有觉悟之力，能识别善恶，使自己日趋于善，他透过反省、忏悔、改过，走向逐渐清净之路。

我们可以这样说，恶人若有了觉悟之力，则能走向善道，趋向菩提；善人若失去觉悟的心，则往往堕落失向，不得善终。

这使我们知道，“觉悟”是人生里最重要的事，一个人能觉悟就等于跨出了清净无邪的第一步。

人透过不断地觉悟修行，就是在走向菩萨的世界，菩萨世界的最终极又是什么呢？就是佛所说的“无上菩提”，具有四种相貌：“最净、真我、妙乐、常住。”无上菩提因而是最清净、最真实、奥妙喜乐、常住不动的菩萨究竟之处。

从佛菩萨的眼中看人世，对众生是没有分别执着，而是平等观照，那是因为他们已超越了相对性，而以绝对的菩提来护念众生。

由于最净，使无量的慈成为可能。

由于真我，使无量的悲成为可能。

由于妙乐，使无量的喜成为可能。

由于常住，使无量的舍成为可能。

这是为什么说修学“慈、悲、喜、舍”四无量心，可以发展无上菩提心的缘故了。

无上菩提胜果对我们凡夫而言，虽然是如此遥远，不过那最后一念与我们最初去恶向善觉悟的一念，本质上是没有差别的，这样想来，我们任何时刻的觉悟都值得安慰，只要我们一觉悟走向菩提之道，善恶的争议对我们就失去意义了。

地藏的悲愿

譬如三千大千世界，

所有草木丛林、稻麻竹苇、山石微尘；

一物一数，作一恒河，

一恒河沙，一沙一界，

一界之内，一尘一劫，

一劫之内所积尘数，尽充为劫。

地藏菩萨证十地果位以来，

千倍多于上喻，

何况地藏菩萨在声闻辟支佛地？

文殊师利，

此菩萨威神誓愿不可思议！

——《地藏经·佛告文殊师利菩萨》

《地藏菩萨本愿经》一开始的时候，文殊师利菩萨为众生向释迦牟尼佛请愿说：“唯愿世尊，广说地藏菩萨摩诃萨，因地作何行？立何愿？而能成就不思议事？”

佛陀就说了前面引的这段话，意思是：“就好像把三千大千世界所有的草木丛林、稻麻竹苇、山石微尘，每一个东西每一个数目都当成一条恒河，而这恒河旁边的每一粒沙子都当成一个世界，每一个世界内的一点灰尘都当成一劫。那么，地藏菩萨证十地果位以来，他的愿行还千倍于此。更何况，他在声闻辟支佛地里所行的愿呢？所以，文殊师利，地藏菩萨威势神奇的誓愿是超乎想象的呀！”

“劫”指的是年月日所不能计算的极长时间，据说一个小劫就超过八万年。“十地果位”，指的是菩萨乘的第十地法云地，佛眼已开，成一切种智，已属圣位。“声闻辟支佛”，所谓声闻，是闻佛说法之音声而悟道的人；所谓辟支佛，又名缘觉，是于无佛之世靠自己觉悟而脱离生死的人；两者通常是指小乘，其得证的时间，快的要三生，慢的要修行六十劫。

佛陀在经典里虽然时常赞叹修行的菩萨，可是像赞叹地藏菩萨这样的方式，是非常少见的。也可以说，若要从菩萨的愿力来看，地藏悲愿之宏伟不可思议，是一切菩萨的典范。

由于地藏伟大的悲愿，每每能感召世人，走向奉献之路、承担之路、无私之路，因此他能广受爱戴，在任何佛教国家，地藏菩萨信仰之普遍，足以与观世音菩萨比美。即使不是正见的民间信仰，也都能爱敬他。甚至连完全没有宗教信仰的人，也常把“我不入地狱，谁入地狱！”挂在口中，深知地藏菩萨“众生度尽，方证菩提；地狱未空，誓不成佛”的伟大精神。可见地藏菩萨的愿力能惊天地泣鬼神，有非凡的感人力量。

若依《地藏经》看来，他有一世身为大长者子，发愿说：“我今尽未来际不可计劫，为是罪苦六道众生广设方便，尽令解脱。”还有一世是婆罗门女，从地狱解救出自己的母亲后发愿说：“愿我尽未来劫，应有罪苦众生，广设方便，使令解脱。”

地藏菩萨有一世是小国王，与邻国的国王友好，邻国国王发愿早成佛道，再回来度众生。地藏菩萨则发愿：“若不先度罪苦众生，令是安乐，及至菩提，我终未愿先成佛道。”

还有一世，地藏菩萨为名叫光目的女子，她为了救脱母亲永脱地狱，发愿说：“愿我今日，对清净莲华目如来像前，却后百千万亿劫中，应有世界、所有地狱，及三恶道诸罪苦众生，誓愿救拔，令离地狱恶趣、畜生、饿鬼等。如是罪报等人尽成佛竟，我然后方成正觉。”

地藏菩萨未证之前，在无数的生世中不断地发起拯救罪苦众生的悲愿，即使在证得十地果位之后，他仍然不断地发愿与实践。每当想起他的愿望，令人心为之酸，生起无限的景仰，也因为他的愿力，使众生在最艰危地狱恶道中，有所依托。

是故佛陀说："地藏菩萨，过去久远劫中，如是慈悯，发恒河沙愿广度众生，未来世中，若有男子女人不行善者行恶者，乃至不信因果者，邪淫妄语者，两舌恶口者，毁谤大乘者，如是诸业众生必堕恶趣，若遇善知识，劝令一弹指间归依地藏菩萨，是诸众生即得解脱三恶道报。”恶业众生能在“一弹指间”就得到解脱，那都是由于地藏菩萨的愿力呀！

地藏菩萨在很多生世里都是为了救拔地狱中的母亲，而发下菩提大愿，因而《地藏经》也是经典中的“孝经”，凡为人子女读了《地藏经》不动容思亲者几稀！他是因为母亲之苦而思及天下人的母亲，他是眼见众生之苦而不忍独取菩提，这确是最深切的慈悲，他的愿力也正是悲心自然的流露。

我在日本旅行的时候，发现日本有很多地藏像，都是在路边以石头雕成，从风景最优美的高山，到土地不平靖的都市，都有人雕地藏菩萨来守护。而他们把流产或夭折的孩子称为“水子地藏”，认为这些孩子死后都会到地藏菩萨的怀抱得到守护，在那里过着无忧的生活。

当我看到那些泥塑的“水子地藏”，身披红彩、手拿风车，而围绕在高大的地藏菩萨四周，就使我想起《地藏经》的一段经文：“我所分身，遍满百千万亿恒河沙世界，每一世界化百千万亿身，每一身度百千万亿人。令归敬三宝，永离生死至涅槃乐。但于佛法中所为善事，一毛一谛、一沙一尘、或毫发许，我渐度脱，使获大利。唯愿世尊！不以后世恶业众生为虑，如是三白佛言：唯愿世尊，不以后世恶业众生为虑！”

在风车的旋转中，我们仿佛听见地藏菩萨的声音，三复斯言，使我们即使处在最恶劣的环境，也能坦然无畏地向前走去。

在清净的国土

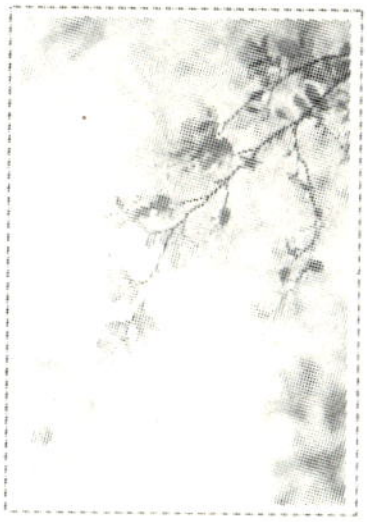

虽知诸佛国，

及与众生空。

而常修净土，

教化于群生。

——《维摩诘经·维摩诘告普现色身菩萨》

从佛教的空义来说，佛、我、众生都是空性，空乃是诸法究竟的实相。空相虽是如此真实，却不是人人都可以理解的，因此，菩萨虽然理解空义，仍然修习净土的法门，菩萨修行净土不只是为了往生诸佛的国土，更重要的是对众生示现一种教化呀！

历来，佛教的修行者常对禅或净土有争议，因为若从禅的观点看，根本就无净土可得；然而净土宗却明明白白告诉我们，净土是实有的报土，它是真真实实存在的。这看似矛盾的两种观点究竟是怎么一回事？如果我们能了解维摩诘说的这首偈，其中的争议就解开了。

禅与净土的歧异，或是对极乐世界的空无或实有之差异，实际上是来自“他力”与“自力”的不同，禅道是从相信自己的佛性出发，净土道则是由相信佛力无边出发，前者是寄托于万法皆空，后者则是寄托于佛土是实，两者在观念上对立是很自然的呈现。

然而，绝对的清净就是绝对的空，它是超越于意识及相对的层次。我们可以这样说，若人能超越相对的层次，则自然地跨过“自力”与“他力”的分别，也泯除了净土与禅道的差异，净土依赖佛力来开发自性的同一境性，禅者则是开启自己的佛性来进入佛的法性真如，两者若在悟的境地上，根本是净不离禅，禅不离净。

“禅宗”与“净土宗”事实上是修行的方法不同，一个指出内在的方向，一个指出外在的道路，一旦在虚空粉碎之际，则内在外在根本是没有分别的。不只是在终极之境没有分别，即使在修行过程中，其本质也很接近，禅者使精进、忍辱、谦卑、无我成为可能，那是因为确知万法的空性；净土则是深信佛力的支持，而能发挥精进、忍辱、谦卑、无我的力量。

我们要知道佛智的不可思议性，若在自性中有佛智，则自性也是不可思议。

一般人都有一种印象，认为禅宗的修行很艰难，净土宗则是一切修行方法中最简易的。其实未必，禅宗似难进却易悟，净土宗好像易修却难入，原因有二,一是能绝对相信阿弥陀佛，不起一丝疑心的人，绝不是平常人。二是听到阿弥陀佛能安心得道，立刻放弃自我把一切委托给佛，这也要上乘的根器。从这两个角度，我们来看维摩诘的此偈，知道许多告诉我们净土简易之法的人，事实上是不可思议菩萨的化现。

我们学习佛教的人，最先要学的是广大的智慧与无限的慈悲，因此即使是完全未曾听闻佛法,不信佛法的人,也都应该尊敬与包容,何况是对待同是佛的弟子呢？净土是好的，禅也是好的，各宗派都是好的。

从佛教的经典中，我们看到不论是什么修行方法，都曾有菩萨在其中得证，禅与净土有何高下呢？我们若连佛弟子相互都不能包容，还谈什么解救众生？

五阴与如来藏

譬如有人，以清净目，观晴明空，唯一晴虚，回无所有，其人无故，不动目睛，瞪以发劳，则于虚空，别见狂华，复有一切狂乱非相，色阴当知，亦复如是。

譬如有人，手足宴安，百骸调适，忽如忘生，性无违顺，其人无故，以二手掌，于空相摩，于二手中，妄生涩滑冷热诸相，受阴当知，亦复如是。

譬如有人，谈说酢梅，口中水出，思蹋悬崖，足心酸涩，想阴当知，亦复如是。

譬如瀑流，波浪相续，前际后际，不相逾越，行阴当知，亦复如是。

譬如有人，取频伽瓶，塞其两孔，满中擎空，千里远行，用饷他国，识阴当知，亦复如是。

——《楞严经·佛告阿难》

有人问我关于五阴的问题，五阴就是色、受、想、行、识五种能积聚覆盖我们真性的东西。阴，就是树阴的阴，就好像在晴空丽日之下，如果处在有阴影的地方，阳光的温暖就被遮掩了，我们自性的太阳也是如此，如果我们处在阴影的地方，那不表示我们没有太阳，只能说我们的太阳被阴影遮住了。

在经典里，不论大小乘，都一再谈到“五阴”，特别是讲般若的经典，那是由于五阴与智慧空性有极密切的关系，如果五阴的迷惑不能解决，般若就无法开启，自性就会蒙昧，所以要读经典，五阴的问题非得彻底通晓不可。

一切佛的经典都是为了解决身心性命的问题而产生的，若五个阴影不能掀开，身心性命就看不清楚。为什么呢？因为在五阴里，产生了贪、嗔、痴、慢、疑五种盖障，也产生了眼、耳、鼻、舌、身、意六种根源，又产生了色、身、香、味、触、法识见的迷雾，要掀开盖障、穿透识见、吹散迷雾，非先走出“阴影”不可。

在小乘经典里，佛虽多次讲五阴，但都没有像《楞严经》里用简明的譬喻来讲，那么明显易懂，同时，在小乘经典里，佛告诉行者应该知道“五阴炽盛”，要彻底地断除它。可是，《楞严经》里讲五阴，佛一开始就说：“五阴六入，从十二处到十八界，因缘和合，虚妄有生，因缘别离，虚妄名灭。殊不能知，生灭去来，本如来藏；常住妙明，不动周圆，妙真如性。性真常中，求于去来，迷悟生死，了无所得。”并说：“五阴本如来藏妙真如性。”

这段话显然是说，五阴与如来藏是没有分别的，由于如来藏的真如自性是灵妙光明不被动摇的，所以五阴只是虚幻的变化与现象，如果一个人能知道五阴是生命活动的虚妄暂时的变化，那么如来的真性就清明显露了。

就像云雨雷电是天空的阴，但是云雨雷电也是天空的一部分，只是我们凡夫通常注意那天空的“变”，而不能注意天空的“常住”，甚至在有云雨雷电的日子，我们就不知天空的清朗了。佛陀是教化我们，不必刻意忽略五阴的现象变化，真正重要的是认识五阴所不能改变的空性，则五阴是天空的一部分是无妨的。

五阴指的是一切形质的“色阴”，一切苦乐感触的“受阴”，一切对境取像想念的“想阴”，一切妄心迁流的“行阴”，以及一切七情八识的“识阴”。

佛陀说的五阴，我们译成白话来看：

“譬如有人，用清净的眼睛仰望晴朗的天空，所看见的只有空无所有的虚空。但是这个人如果眼睛不动地瞪着天空，时间久了，眼睛劳累，就会看到空中有舞动的花，还有一切狂乱的形相，色阴就像这样子的。”

“譬如有人，他的手脚安适，身体很舒服，忽然忘记身体的存在，没有不顺畅之感。如果这个人用两手的手掌，互相摩擦，心里就发生涩滑冷热的感受，受阴就像这样子的。”

“譬如有人，讲到酸梅的滋味，口中就流出唾液；想到自己脚踏悬崖，脚心就感到酸涩，想阴就像这样子的。”

“譬如流得很急的水，波浪一个一个相续，前后的波浪连续不断，并不互相超越，行阴就像这样子的。”

“譬如有人，取出有两个开口的频伽宝瓶，把它的口塞住，里面装满虚空，带去千里外的国土，把虚空倒出来，识阴就像这样子的。”

我们眼见的天空狂花，是不真实的；我们手掌摩擦生出的感受，是虚幻的；我们想起酸梅流下的口水，是妄想的；我们生命中的波浪与流水，是时空的暂时现象；我们瓶子里装的虚空，虽然横越千里，内外的虚空并无不同，因此对自己内在的实质认定，是意识上的执着。

佛陀以如此简洁明了的譬喻，为我们打开五阴的迷执，我们本来的天空是那样清朗澄澈，我们的四肢百骸是那样舒适自在，我们心无想念是多么清明，我们在生死瀑流里水色不变，我们内在的空性与世界的空性是无二无别的！所以，人只要不自寻烦恼，色、受、想、行、识的身心活动正是自性真如本体，在五阴的内部就是如来藏，不是离开了五阴另外有如来藏。

我们的菩提、般若、涅槃、佛性都是本来具有，这是每个学佛者都可以轻易理解的，但有些人误解了，认为要断去一切色受想行识，另找一个如来藏。佛陀告诉我们，事实并非如此，五阴是河水的流性，如来藏是河水的真实，流性是河水自身本有，流性是水性的一部分，离开了水并没有独立存在的流性，正如虚空之外更无虚空可得，如果不能建立这样的认知，厘清五阴与自性的关系，则就会走很多冤枉的道路了。

火中生莲花

火中生莲华，

是可谓稀有；

在欲而行禅，

稀有亦如是。

——《维摩诘经·维摩诘告普现色身菩萨》

读《楞严经》，有一段关于摩登伽女的记载非常感动我。佛陀弟子中最俊美的阿难尊者到城里去乞食，经过一家媱室（即妓院），被一个名叫摩登伽女的妓女看上了，摩登伽女就将阿难“摄入媱席，媱躬抚摩，将毁戒体”。

这时，佛陀知道阿难的戒体将破，立即派文殊师利菩萨持净咒去护持阿难。阿难与摩登伽女都清醒过来了，一同随文殊菩萨回来拜见佛陀，两人都无限惭愧，顶礼悲泣。于是，佛陀才开始了讲《楞严经》的因缘。

当佛陀讲《楞严经》到三分之一时，摩登伽女已经得到阿那含果，这是小乘四果的第三果，是断尽欲界烦恼的圣者，远远超过阿难了。

《楞严经》讲到一半之后，摩登伽女已证得阿罗汉的果位（即诸欲净尽、烦恼不生，是小乘最高的果位），当时阿难尚未证阿罗汉果。佛陀就对会上的诸弟子说：“像摩登伽女的恩爱习气，不是一生一劫而成的，而是历劫的因缘，一听到我宣扬的净法，她的爱染心立即永远脱落，证得阿罗汉。她无心于修行，在神力的庇助下都能速证果位，你们已发下成佛的大愿，又修清净行，要成佛就像顺风扬起尘土那样自然，有什么艰难险阻呢？”

摩登伽女从一位婬女，在很短的时间证得阿罗汉果位，历程是令人动容的，它至少表现出佛法的两种精神，一是佛性平等的精神，即使卑微如妓女，其佛性也是清净伟大不可轻视。二是修行者不应该以外貌取人，即使是摩登伽女，也可以透过证悟，成就菩提，因为投生在这娑婆世界之中，我们根本不知道别人的宿世因缘，怎么可以看轻别人呢？

我们读了《楞严经》里摩登伽女成就的因缘，再回来看《维摩诘经》的："火中生莲华，是可谓稀有；在欲而行禅，稀有亦如是！"就更能明了了。摩登伽女为我们示现了妓女也能得到成就，不过那毕竟是非常稀有的，就仿佛是火中生起的莲花一般。

反过来说，如果能在欲中行禅的修行者，就知道他有非凡的定力与见地，而在火中烧成的莲花，就永远不会败坏了。可见在欲界中修行禅定，比在山林中艰难得多，在火中锻炼而生的莲花，比水中的莲花更珍贵得多了！

"火中生莲华，在欲而行禅！"正是菩萨修行最生动的写照。此所以永嘉玄觉禅师在证道时，曾歌颂过这首偈，胜过万两黄金，即使粉身碎骨也无法酬报维摩诘说此偈的功德。永嘉禅师说：

“在欲行禅知见力，火中生莲终不坏，勇施犯重悟无生，早时成佛于今在。狮子吼，无畏说，深嗟懵懂顽皮靼。只知犯重障菩提，不见如来开秘诀。有二比丘犯淫杀，波离萤光增罪结。维摩大士顿除疑，还同赫日销霜雪。不思议，解脱力，妙用恒沙也无极。四事供养敢辞劳，万两黄金亦销得。粉骨碎身未足酬，一句了然超百亿。”

菩萨道的历程正是如此，他要走过许多荆棘障碍，越过铁壁银山、经历千劫万磨，为的是要解开自我生命的牢笼，甚至使众生都能免于成为生命的囚徒。

我们在经典上看见菩萨走过了无数的洪水烈火、高山大河、冰天雪地，使我们感叹其稀有！也令我们敬畏感慨：我怎么样才能像菩萨一样，在欲中也行禅，在火中开出一朵美丽的红莲花呢？

佛的笑与泪

存心大慈，勤志大悲。

守习学行，专精如斯。

其身不着，衣被饮食。

于诸利养，意亦不贪。

以诸所珍，乐尽施惠。

念彼众生，慎行戒具。

忍进定智，如是长者。

菩萨大士，欲发无上正真道者。

——《菩萨修行经·佛告威施长者》

佛陀在舍卫国祇树给孤独精舍，向一千二百五十位比丘、五千位菩萨，及舍卫国里最有豪势的长者威施和其族姓子孙五百位说法。佛陀向他们开示四十二种观想身体无常的方法，教他们解除身心意识的缠缚、脱开身体寿命的贪爱，除去使身心混浊扰乱的种种恶事。

当佛陀说法结束的时候，威施等五百长者立即得到了柔顺法忍，并且由此法忍得到了宿命的神通，同时“圣智弘妙慧无挂碍，明晓众生意志所趣欲”。

这时，佛陀看到大家这么快就悟到他的教法，高兴得笑了。经典上的原文是“时佛便笑。世尊笑时，五色光出从口中，夺辉晃昱色色各异，遂至无数光明普遍十方诸土，威景覆蔽一方释梵日月天魔宫殿之明。当其佛笑及覆光时，诸天龙神并世人民七万二千，见佛神耀暐晔之变，亦皆自觉被如来明安育其体，各于座上忽然得无所从生法乐之忍，其余无数皆发无上正直道意”。

佛陀这一笑真是非同小可，使七万两千众生立即得到无上的正道，佛的弟子阿难看到佛笑得那样开心，忍不住问说：“世尊，您向来不妄笑，今天是什么原因使您笑得如此开心，愿佛向我们开解开心而笑的原因。”

佛陀说："你看到威施这五百位长者吗？他们在过去的诸佛已经种植了许多德本，并发起过志求菩提的心，他们经历了七十六劫，都未曾堕入畜生、饿鬼、地狱三种恶道，他们将来会一起成佛，佛号是'华吉藏王如来'，他们所要度的众生无量无边。"

这是佛陀笑的原因，他看见了众生的因缘法，看到他们从最初发菩提心，一直到日后成佛的道路，这种因缘实相使他感到欣然，使他"兴发威颜而兴笑"。

读到《菩萨修行经》里记载佛陀一笑的经过，令人非常感动，这表示证道之后的佛陀，虽已超越了悲喜的情绪，在看到众生发起菩提心时，仍然非常欣悦。

佛陀不只会笑，也会生气。

在《增一阿含经》里记载过许多次佛陀生气的记录，有一次，目连与阿难同声诵经，以争胜负，佛陀呵骂他们，并说了一首偈：

"多诵无益事，此法非为妙；

犹草牛头数，此非沙门要。

若少多诵习，于法而行法；

此法极为上，可谓沙门法。

虽诵千章，不义何益？

不如一句，闻可得道。

虽诵千言，不义何益？

不如一义，闻可得道。”

从这些争胜负的事件，佛陀制止弟子再有胜负心，他说：“若复比丘，有胜负心，共诤讼心而共竞者，即以法律治之。”

还有一次，佛在讲经，一位老比丘向佛舒脚而眠，坐在另一旁的修摩那小沙弥（年纪才八岁）反而正身危坐，佛陀呵骂老比丘，并嘉许修摩那。

佛陀不仅会笑、生气，也会流泪。

佛成道之后，魔王波旬曾多次来扰乱，用尽各种方法都无法倾动正法分毫，最后，波旬对佛说，在佛陀住世的时候，虽无法坏乱佛法，但是等到将来，他一定要率魔子魔孙，装成佛门弟子，披上袈裟，讲些似是而非的法来坏乱佛法。

佛陀观照到日后众生的情形，不禁默然泪下。

佛陀的泪不是为自己而流，而是大悲的流露，悲众生的苦难，悲佛法的坏乱，我们放眼当今，一些装成佛门弟子，披上袈裟的人，自称是古佛再世，却充满了私欲，扭曲践踏佛的教法，更使我们体会到佛陀当时落泪的真意。

慈悲的佛陀有笑、有泪、为不对的事情严格纠正，都是记载于经典的，这给我们很好的教化，一个清明超越的胸怀并不是对于人间世事的无感，更由于他“存心大悲，勤志大慈”、“念彼众生，慎行戒具”,能对众生的痛苦与不平真正的关怀,这是“无上正真”之意。

清净明诲的佛菩萨，清洗了自我的贪嗔痴之后，不是无情无感的人，而是至情流露的大有情者，和我们不同的是，他不为自己笑、流泪或气恼，他只为众生的觉悟而欣喜，为众生的愚痴而落泪，为人间的不公而表达其严肃的面容，这才是“实义菩萨”，是以真正的慈悲摄受世界呀！

普贤愿海

于诸病苦，为作良医。

于失道者，示其正路。

于暗夜中，为作光明。

于贫穷者，令得伏藏。

菩萨如是平等饶益一切众生。

——《华严经·普贤菩萨告善财童子》

普贤菩萨是象征“大行”的菩萨，依照《华严经》，所有菩萨解救众生的愿望，最后都会汇入法界，成为“普贤愿海”里雄壮的波涛，我们可以说，当一个人发起菩提心、生出菩萨愿行的时候，就进入普贤菩萨的法界，得到了他的护佑与咐嘱了。

依照经典的记载，阿弥陀佛的左右胁士是观世音与大势至，而释迦牟尼的左右胁士就是文殊与普贤，文殊菩萨驾着狮子在佛的左方，普贤菩萨骑乘六牙白象在佛的右方。这有三层象征：一是文殊表智，普贤表理，唯有理智相即、行证相应、般若与三昧具足，才是法身佛。二是普贤菩萨是法界门的入处，文殊菩萨是般若门的入处，普贤明广大之义，文殊明甚深之义，唯有愿力广大，智慧深广才是菩萨行处。三是普贤主一切诸佛的理德、定德、行德与文殊的智德、慧德、定德相对，即理智一双、行证一双、三昧般若一双，不可偏失。

《大日经疏》说：“普贤菩萨者，普是遍一切处，贤是最妙善义，谓菩提心所起愿行，及身口意，悉皆平等遍一切处，纯一妙善，备具众德，故以为名。”遍满一切处散发着最妙善光芒的普贤菩萨，是佛教里的四大菩萨之一，可惜很多人只知其名，不知道他的愿行。

由于普贤与文殊是释迦牟尼的胁士，又是诸大菩萨的上首，大部分的大乘经典中都记载了他对众生的教化与护持。像《法华经》的“普贤劝发品”说：“是人若行若立，读诵此经，我尔时乘六牙白象王，与大菩萨俱诣其所而自现身，供养守护，安慰其心。”像《楞严经》说：“普贤菩萨言：我已曾与恒沙如来为法王子，十方如来教其弟子菩萨根者修普贤行，从义立名。”

普贤菩萨骑六牙香象，勇力与温柔兼备，在行与愿方面，都是最为殊胜的，可惜我们惯常以“地藏菩萨”作为“愿”的表征，普贤的愿往往就被忽略了。再加上国内的佛教一向强调“信解”，普贤以实践为主的行愿也很少被突显出来。

其实，如果我们能真实进入普贤菩萨像海洋一样深广的行愿，就可以知道普贤菩萨是如何伟大不凡了，我们现在就来看看普贤菩萨在《华严经普贤行愿品》的十大愿：

一者礼敬诸佛

二者称赞如来

三者广修供养

四者忏悔业障

五者随喜功德

六者请转法轮

七者请佛住世

八者常随佛学

九者恒顺众生

十者普皆回向

对于学佛的人，普贤菩萨的十大愿是最简单明了的指标，他不教导我们舍弃人世去追求极乐净土，他也不教我们去做那些能力不可及的修行方法，只是如实地一步步走向菩萨道，这是为什么在密宗里把普贤菩萨称为“真如金刚”了。

在《华严经》里，普贤菩萨向善财童子解释他的十大愿，文辞至为优美，充满了动人的感性，我且引录几段看看：

“一一佛所，皆现不可说不可说佛刹极微尘数身。一一身遍礼不可说不可说佛刹极微尘数佛。虚空界尽，我礼乃尽，以虚空界不可尽故，我此礼敬无有穷尽。如是，乃至众生界尽、众生业尽、众生烦恼尽，我礼乃尽。而众生界乃至烦恼无有尽故，我此礼敬无有穷尽，念念相续无有间断，身语意业无有穷尽。”

“所有尽法界虚空界，十方三世一切佛刹极微尘数诸佛如来，从初发心，为一切智，勤修福聚，不惜身命，经不可说不可说佛刹极微尘数劫，一一劫中舍不可说不可说佛刹极微尘数头目手足，如是一切难行、苦行，圆满种种波罗蜜门，证入种种菩萨智地，成就诸佛无上菩提，及般涅槃，分布舍利，所有善根，我皆随喜。”

“如此娑婆世界毗卢遮那如来，从初发心，精进不退，以不可说不可说身命而为布施，剥皮为纸，析骨为笔，刺血为墨，书写经典，积如须弥，为重法故，不惜身命，何况王位、城邑、聚落、宫殿、园林，一切所有？”

“菩萨若能随顺众生，则为随顺供养诸佛；若于众生尊重承事，则为尊重承事如来；若令众生欢喜者，则令一切如来欢喜。”

“菩提属于众生，若无众生，一切菩萨终不能成无上正觉。”

“从初礼拜乃至随顺所有功德，皆悉回向尽法界虚空界一切众生，愿令众生常得安乐，无诸病苦，欲行恶法，皆悉不成，所修善业皆速成就，关闭一切诸恶趣门，开示人天涅槃正路。”

整部《普贤行愿品》处处都充满了美丽无比的菩萨思想，动人肝肺，这使我们知道，不只是大悲大智有极清明的感情，在大行大愿里也有极非凡的感性，我们应该学习普贤菩萨的行愿，让我们也进入波涛汹涌的普贤愿海，即使在短暂的一生中只能做普贤愿海中一朵纯净的浪花，来丰富菩萨大海炫丽的景色，也就无憾了。

图书在版编目（CIP）数据

茫茫世海 脉脉情缘：菩萨宝偈／林清玄著．—北京：新世界出版社，2012.10
（心窗物语）
ISBN 978-7-5104-3514-0

Ⅰ．①茫… Ⅱ．①林… Ⅲ．①散文集－中国－当代 Ⅳ．①I267

中国版本图书馆CIP数据核字(2012)第251055号

茫茫世海 脉脉情缘：菩萨宝偈

作　　者：林清玄
责任编辑：杨　磊　　徐　玥
封面设计：先锋设计
责任印制：李一鸣　　黄厚清
出版发行：新世界出版社
社　　址：北京西城区百万庄大街24号（100037）
发 行 部：（010）6899 5968　　（010）6899 8705（传真）
总 编 室：（010）6899 5424　　（010）6832 6679（传真）
http：//www.nwp.cn
http：//www.newworld-press.com
版 权 部：+8610 6899 6306
版权部电子信箱：frank@nwp.com.cn
印　　刷：三河市骏杰印刷厂
经　　销：新华书店
开　　本：880×1230　1/32
字　　数：141千字　印张：7
版　　次：2013年4月第1版　2013年4月第1次印刷
书　　号：ISBN 978-7-5104-3514-0
定　　价：29.80元